AF745931

www.ingramcontent.com/pod-product-compliance
Lightning Source LLC
LaVergne TN
LVHW051119051026
849532LV00004BB/1603

9788196005511

چڑیا خانہ

(حصہ اول)

جس میں پرندوں کی نہایت دلچسپ کہانیاں جمع کی گئی ہیں

مرتب :

سید امتیاز علی تاج

Chidiya Khana : Part-1
Editor: Imtiaz Ali Taj
Edition: December '2022
Publisher & Printer:
Taemeer Publications, Hyderabad.

ISBN 978-81-960055-1-1

9 788196 005511

کتاب	:	**چڑیا خانہ (حصہ اول)**
مرتب	:	**امتیاز علی تاج**
صنف	:	ادب اطفال
ناشر	:	تعمیر پبلی کیشنز (حیدرآباد، انڈیا)
زیر اہتمام	:	تعمیر ویب ڈیولپمنٹ، حیدرآباد
ترتیب / تہذیب	:	مکرم نیاز
سالِ اشاعت	:	۲۰۲۲ء
تعداد	:	(پرنٹ آن ڈیمانڈ)
طابع	:	تعمیر پبلی کیشنز، حیدرآباد – ۲۴
صفحات	:	۱۰۴
سرورق ڈیزائن	:	مکرم نیاز

دیباچہ

انگریزی میں بچوں کے لئے بہت سی ایسی کتابیں موجود ہیں جن میں جانوروں کی دلچسپ کہانیاں لکھی گئی ہیں۔ اور اُن سے بہت اچھے اخلاقی نتیجے نکالے گئے ہیں۔ لیکن اُردو میں اب تک کوئی ایسی کتاب نہیں تھی جس میں صرف جانوروں کی کہانیاں جمع کی گئی ہوں۔ بچوں کا اخبار "پھول" سولہ سال سے جاری ہے۔ اور اس میں بچوں کے پڑھنے اور دِل بہلانے کے مضمون اور کہانیاں ہمیشہ درج ہوتی رہتی ہیں۔ ان میں کچھ کہانیاں تو ایسی تھیں۔ جو بچے عام طور پر گھروں میں اپنے بزرگوں سے سُنتے ہیں۔ اور کچھ انگریزی کتابوں سے لی گئی تھیں۔ میں نے پھول کی پچھلی جِلدوں میں سے جانوروں کی تمام کہانیاں چھانٹ کر اُنہیں مناسب ترتیب سے جمع کیا۔ تو ایک خاصی کتاب بن گئی۔ اِس کتاب کا

نام میں نے چڑیا خانہ تجویز کیا ہے ۔

بچوں نے چڑیا خانوں میں دیکھا ہوگا۔ کہ پرندوں کے لئے الگ پنجرے ہوتے ہیں۔ اور دُوسرے چوپائے جانور الگ رکھتے جاتے ہیں۔ اس لئے کتاب کے نام کے لحاظ سے میں نے بھی دونوں قسم کی کہانیوں کو الگ الگ جمع کیا ہے ۔ چڑیا خانے کے پہلے حصّے میں پرندوں کی کہانیاں ہیں۔ اور دُوسرے حصّے میں اَور جانوروں کی ۔

" جانوروں کی کونسل" جو لبی اور بہت دلچسپ کہانی ہے۔ محترمہ رحیم النساء صاحبہ کی لکھی ہوئی ہے ۔ چونکہ اس کے درج کرنے سے " چڑیا خانہ " کی رونق دُگنی ہوگئی۔ اس لئے میں اس موقع پر اُن کا تہ دِل سے شُکریہ ادا کرتا ہوں ۔

سیّد امتیاز علی تاجؔ

لاہور

کہانیوں کی فہرست

جانوروں کی کونسل

پرندوں نے آپس میں صلاح کی۔ کہ طوطا اور مینا آدمیوں کی بولی بولتے ہیں۔ اور جو کچھ آدمی اُن سے کہتے ہیں۔ وہ سمجھ لیتے ہیں۔ چلو اُن سے کہیں۔ کہ آدمیوں کو سمجھا بُجھا کر ہم پر ظُلم کرنے سے روکیں۔ یہ صلاح کر کے ایک دن سب پرند جنگل میں ایک درخت کے نیچے جمع ہوئے۔ چڑیاں ایک طرف جمع ہوئیں۔ ٹوٹڑو اور فاختہ ایک طرف۔ کوّے الگ جمع ہوئے۔ موروں کی پنچایت الگ لگی۔ دریا اور پانی کے جانور ایک طرف الگ کھیت میں بیٹھے۔ مُرغابیاں ایک جگہ۔ قاز ایک جگہ۔ بط اور چہے پاس پاس۔ پھر اصیل اور ٹینی مُرغ اپنے اپنے بال بچّوں کو ساتھ لے کر آئے۔ اور کہنے لگے۔ کہ ہم بھی اس مجلس میں شریک ہیں۔ ہم سے بھی صلاح لی جائے۔

جب سب پرند کھیتوں میں جمع ہو لئے۔ اور چاروں طرف پرند

ہی پرند نظر آنے لگے۔ تو مُرغ نے اذان دی۔ سب جانور اذان سُننے کے لئے چُپ ہو گئے۔ جب مُرغ اذان دے چُکا۔ اُس نے ایک اُونچے ٹیلے پر کھڑے ہو کر بلند آواز سے کہا۔ کہ "سُنو عاجز مظلوم بھائیو! ہم سب ایک ہیں۔ جیسے آدمیوں میں جُدا جُدا قوموں۔ جُدا جُدا صُورتوں۔ اور جُدا جُدا رنگ کے آدمی ہوتے ہیں۔ اسی طرح ہم میں بھی جُدا جُدا قد اور کئی طرح کی صُورتیں اور طرح طرح کے رنگ ہیں۔ دیکھو آدمیوں میں ایک ہی قوم کے اندر بڑے چھوٹے آدمی ہوتے ہیں۔ ہم میں بھی ایسا ہی حال ہے۔ بڑے مُرغ اصیل اور چھوٹے مُرغ ٹیبنی کہلاتے ہیں۔ تیتر کی نسل میں بھی کئی قسمیں ہیں۔ بھٹ تیتر۔ بٹیر۔ لوا۔ سب ایک ہی قوم ہے۔ مگر صُورت اور قد جُدا جُدا ہیں۔ غرض ہم سب ایک نسل اور ایک ہی قوم ہیں۔ اس لئے ہم سب کو اس ضروری کام میں ایک ہو جانا چاہیئے۔ تاکہ اکٹھی طاقت سے انسان کا خُوب مُقابلہ کر سکیں۔ ہم ہر طرح آدمی کے برابر ہیں۔ پھر آدمی ہم پر کیوں ظُلم کرتے۔ اور کیوں ہم کو پکڑ کر کھا جاتے ہیں؟"

مُرغ کی باتیں سُن کر مور بولا۔ "بھائی مُرغ تُم سچ کہتے ہو۔ آدمی ہم پر بڑا ظُلم کرتے ہیں۔ ہمارا شکار کرتے ہیں۔ ہم کو تکلیف دیتے ہیں۔ اور ذبح کر کر کے کھا جاتے ہیں۔ ہم سب کو چاہیئے۔ کہ اکھٹے مل کر آدمیوں سے لڑیں۔ اور اُن کے ظُلم سے بچیں۔"

کوّا بولا۔" صاحبو یہ بات تو سچ ہے۔ کہ آدمی ہم پر ظلم کرتے ہیں۔ لیکن یہ تو بتلاؤ۔ کہ اُن سے لڑوگے کیونکر؟ تُمھارے پاس نہ کوئی ہتھیار ہے۔ اور نہ آدمیوں کے برابر طاقت ہے +

طوطا بولا۔ کہ" بھائی کوّے! تم ہم سب میں عقل مند ہو۔ کوئی بات ایسی نکالو۔ کہ آدمی ہم سے ڈر جائیں۔ اور پھر ہم کو تکلیف نہ دیں۔ اور پکڑا نہ کریں"+

کوّا بولا" ایک بات میری سمجھ میں آتی ہے۔ کہ ہم سب جانور مل کر آدمیوں کے اُوپر حملہ کر دیں۔ اور جب آدمی کسی میلے میں جمع ہوں۔ یا بازاروں میں پھر رہے ہوں۔ تو ان آدمیوں کے اوپر اُڑ کر ایک دم سے سب کے سب بیٹ کر دیں۔ اس طرح وہ ہم سے ڈر جائیں گے"+

باز بولا" واہ میاں کوّے تم بڑی ناپاک بات بولتے ہو۔ اور بُرا نہ مانو۔ جیسی تُمھاری طبیعت ہے۔ ویسی ہی تم نے تدبیر بتائی + یہ بُہت گندی تجویز ہے۔ اور اس سے آدمی اَور زیادہ ہمارے دُشمن ہو جائیں گے+ میری دانست میں یہ تدبیر اچھی ہے۔ کہ ایک دم سے ہم سب کے سب آدمیوں کو چمٹ جائیں۔ اور چونچوں اور پنجوں سے انہیں نوچ ڈالیں+ اس سے آدمی گھبرا جائیں گے۔ اور ہمارے اوپر ظلم کرنا چھوڑ دیں گے"+

کبوتر بولا" جو تدبیر باز نے بتلائی بے شک اچھی ہے لیکن باز کی قوم تو دلیر اور بہادر ہے۔ پرندوں میں اَور کوئی قوم ایسی نہیں۔ شاید باز

آدمیوں پر حملہ کر کے نوچ سکتے ہیں لیکن اَور کوئی پرند ایسا نہیں کر سکتا، ہم کبوتروں کو دیکھو۔ ہماری قوم نہایت ہی غریب ہے۔ اور کسی کو دُکھ نہیں دیتی، فاختہ۔ قمری۔ ٹوٹرو جو ہماری نسل کی بگڑی ہوئی قومیں ہیں۔ سب عاجز۔ مظلوم اور کم آزار ہیں، ان میں اتنی ہمت کہاں۔ کہ آدمیوں پر حملہ کریں۔ اور نوچ کھسوٹ کر اُن کو زخمی کر دیں"؟

مَینا بولی"۔ کبوتر بھائی۔ تم سچ کہتے ہو۔ ہم میں کوئی قوم ایسی نہیں ہے۔ کہ آدمیوں پر حملہ کر سکے۔ کوئی اَور تدبیر نکالنی چاہیئے"۔ میاں کوّے نے کہا۔ کہ ایک اَور تدبیر میری سمجھ میں آتی ہے۔ اور وہ یہ ہے۔ کہ آدمی شیر سے ڈرتے ہیں۔ اور چیتا۔ تیندوا۔ بھیڑیا بھی آدمی کے دشمن ہیں۔ چلو ان درندوں سے کہیں۔ کہ ہماری مدد کریں۔ اور آدمیوں سے لڑیں۔ مَینا بولی"۔ یہ سچ ہے۔ کہ شیر چیتا سب درندے جانور آدمی کے دشمن ہیں۔ لیکن یہ تو سوچو۔ کہ وہ آدمی کو مار سکتے۔ تو اسے اب تک زندہ کیوں چھوڑتے؟ شیر بڑا بہادر اور دلیر ہے لیکن آدمی کے سامنے وہ بھی بھاگتا ہے، آدمی شیر کو زندہ پکڑ لیتا ہے۔ اور پنجرے میں بند کر کے لے جاتا ہے۔ لیکن کہیں ایسا بھی تم نے سُنا ہے۔ کہ کسی شیر نے آدمی کو قید کیا ہو۔ اور پنجرے میں بند کر کے رکھا ہو؟ آدمیوں کے پاس ہتھیار اور بندوق۔ تمنچے۔ توپ۔ ایسے ہتھیار ہیں۔ کہ دُور سے شیر چیتے اور تیندوے کو مار دیتے ہیں"؟

گدھ اور چیل نے کہا۔ کہ" ہم مُردار کھاتے ہیں۔ ایک تدبیر آدمیوں کے دِق کرنے کی کر سکتے ہیں۔ یعنی مرے ہوئے جانوروں کا بدبودار گوشت آدمیوں کے گھروں میں ڈال آیا کریں۔ اس سے اُن کو بہت نفرت ہے۔ لیکن ہم کو یہ ڈر ہے کہ آدمی ہمارے بھی دُشمن ہو جائیں گے۔ اب تک تو وہ ہم کو نہیں مارتے۔ اور نہ ہمارا گوشت کھاتے ہیں۔ ہم کو ناپاک سمجھ کر اور ہمارے گوشت کو بیماری کا گھر جان کر نہ ہمارا شکار کرتے ہیں۔ اور نہ کھاتے ہیں۔ اگر تم سب پرند ہماری تسلّی کر دو۔ کہ آدمیوں سے ہم کو بچا لو گے۔ تو ہم انہیں دِق کرنے کو تیار ہیں"۔

سب پرند بول اُٹھے۔ کہ" اس تدبیر سے کچھ فائدہ نہیں۔ ہماری ایک قوم گدھ اور چیلوں کی جواب تک آدمیوں کے ہاتھ سے بچی ہوئی ہے اُن کو بھی دُشمن بنا کر آدمیوں کے ہاتھ سے مروا ڈالنا ٹھیک بات نہیں"۔

مَینا بولی۔" اس گفتگو سے معلوم ہو گیا۔ کہ ہم پرندوں میں سے کوئی ایسا نہیں۔ جو آدمیوں سے لڑ کر اور اُنہیں تکلیف دے کر جیت جائے۔ اس واسطے بہتر ہے۔ کہ کوئی تدبیر ایسی کریں۔ کہ آدمی ہمارے ساتھ دُشمنی نہ کریں۔ اور ہمارے دوست ہو جائیں۔ اس بات کو سُن کر سب پرندوں نے واہ واہ کی۔ اور مَینا کی صلاح کو پسند کیا۔ پھر سب نے مَینا سے کہا۔ کہ" تم بڑی عقل مند ہو۔ تم ہی کوئی ایسی بات سوچ کر نکالو۔ جس سے آدمی گوشت کھانا چھوڑ دیں۔ اور ہمارا شکار نہ کیا کریں"۔

مینا نے کہا " یہ بات بہت مشکل معلوم ہوتی ہے۔ کل دنیا میں جتنے آدمی ہیں۔ ان میں سو آدمیوں کے اندر ایک آدمی ایسا نکلتا ہے۔ جو گوشت نہ کھاتا ہو۔ باقی ننانوے آدمی ہیں۔ جو گوشت کھاتے ہیں۔ میرے خیال میں آدمیوں کو سمجھانا چاہیئے۔ کہ تم ہم پر ظلم نہ کیا کرو۔ اگر تم سب میرے سامنے بیان کر دو۔ کہ آدمی تم کو کیا کیا تکلیف دیتے ہیں۔ تو میں اور طوطا دونو مل کر آدمیوں کے سامنے تقریر کریں گے۔ اگر آدمی ہماری گفتگو اور تقریر کا جواب نہ دے سکیں گے۔ تو کم از کم ہم پر ظلم کرنا ضرور چھوڑ دیں گے "۔

یہ سن کر مرغا ٹیلے پر چڑھا۔ اور سب پرندوں سے پکار کر بولا۔ کہ " سنو صاحبو۔ تم کو جو جو تکلیفیں آدمیوں سے ہوتی ہیں۔ سب اپنی اپنی کہہ ڈالو "۔

مور درخت پر چڑھ کر چلایا۔ کہ " سنو بھائیو۔ اس کام میں جلدی نہ کرو۔ چوپائے بھی آدمیوں کے ظلم کی فریاد کرتے ہیں۔ بہتر ہے۔ کہ چوپایوں کو بھی اس مشورے میں شریک کیا جائے "۔ سب پرند بول اٹھے۔ کہ بہت اچھا۔ ایک ایک چوپایہ بھی یہاں بلایا جائے۔

کوا گدھے کو بلانے گیا۔ اور تھوڑی دیر میں گدھے کی کمر پر سوار کودتا پھدکتا ہوا حاضر ہوا۔ گلگلیا بیل کی کمر پر سوار حاضر ہوئی۔ اسی طرح ایک پرندہ ایک ایک چوپائے کو بلا لایا۔ جب سب جمع ہو گئے۔ تو

پرندوں نے ان سے پُوچھا۔ کہ تم کو آدمی جو تکلیف دیتے ہیں۔ اُس کے لئے تدبیر کی جاتی ہے۔ تُمہاری کیا صلاح ہے"؟ یہ سُن کر سب چوپائے خوش ہوئے۔ گھوڑا بُہت کُودا اُچھلا۔ گدھے نے مارے خوشی کے تُرم بجانی شروع کر دی۔ گائے بَیل کُودنے اور ناچنے لگے۔ آخر کار یہی صلاح ٹھہری۔ کہ سب جانور اپنی اپنی تکلیفیں بیان کریں۔ اور مَینا اور طوطا انسان سے بحث کریں۔

مَینا نے کہا۔ کہ ہر ایک جانور کی تقریر سُننے میں بہت دیر ہوگی۔ بہت جانور ہیں۔ سارا جنگل جانوروں سے بھرا ہوُا ہے۔ اگر ایک ایک گھنٹہ بھی ایک ایک جانور کی بات سُنی جائے۔ تو کئی برس میں سب جانور اپنی اپنی تکلیفیں بیان کر سکیں گے۔ اس لئے میری صلاح یہ ہے کہ تکلیف دینے کی جتنی قسمیں ہیں۔ پہلے وہ سب تیار کر لی جائیں۔ یعنی جس جس طرح آدمی تکلیف دیتے ہیں۔ وہ صُورتیں تکلیف کی بیان کی جائیں۔ پھر اُن تکلیفوں میں جو جانور شامل ہوں۔ اُن سب میں سے ایک جانور اُس تکلیف کا حال بیان کرے۔

یہ بات مَینا کی سب جانوروں نے پسند کی۔ اور صلاح ہوئی۔ کہ سب جانور پھر جمع ہوں۔ اور آدمیوں کے ظُلم اور تکلیفوں کی فہرست بنائی جائے۔ اگلے دن سب چرند پرند جمع ہوئے۔ اور جو جو تکلیفیں آدمی جانوروں کو دیتے ہیں۔ اُن کی فہرست بنائی گئی۔ (۱) سوار ہونا اور بوجھ لادنا (۲) دُودھ نکال

لینا اور جانوروں کے بچّوں کو بھوکا رکھنا۔ (۳) مار پیٹ اور بے رحمی کرنا۔ (۴) خوراک چھین لینا۔ (۵) پوشاک چھین لینا۔ (۶) مار ڈالنا۔ (۷) کھا جانا ٭ ہاتھی۔ اُونٹ۔ گھوڑے۔ گدھے۔ بَیل نے بیان کیا۔ کہ ہم کو بھی خُدا نے پَیدا کیا ہے۔ ہم اور آدمی برابر ہیں۔ پھر جو آدمی ہم پر سوار ہوں۔ اور بوجھ لادیں۔ یہ اُن کا ظلم ہے۔ آدمیوں کو کوئی حق نہیں ہے۔ کہ ہم پر ایسا ظلم کریں۔ سوار ہونے سے پہلے ہم پر گدی۔ کاٹھی۔ چارجامہ۔ پالان کَسیں نکیل۔ لگام لگائیں۔ پھر سوار ہو کر آنکس چُبھاتے ہیں۔ کوڑے مارتے ہیں مہمیز سے پسلیاں چھیدتے ہیں۔ اور جلدی جلدی چلاتے ہیں۔ دوڑاتے ہیں۔ ہم کو محنت اور اُن کی سختی اور مار پیٹ سے پسینہ آجاتا ہے۔ دم پھُول جاتا ہے۔ ہاتھ پَیر تھک کر چُور ہو جاتے ہیں ٭

گائے۔ بھینس۔ بکری۔ بھیڑ نے فریاد کی۔ کہ آدمی ہمارا دُودھ نکال لیتے ہیں۔ ہمارے بچّوں کا حق لے کر آپ پی جاتے ہیں۔ ہمارے بچّوں کو بھوکا مارتے ہیں ٭ خُدا نے دُودھ ہم کو اس واسطے دیا تھا۔ کہ اپنے بچّوں کو پلائیں۔ اور ان کو پلا پلا کر موٹا تازہ کریں ٭ یہ آدمی ہمارے بچّوں پر بھی رحم نہیں کرتے۔ اور خُدا کی نافرمانی کرتے ہیں ٭ خدا نے ہم کو بہت سا دُودھ دیا تھا۔ کہ ہماری نسل بڑھے۔ بچّے تندرست رہیں۔ اور ہماری نسل کے جانور دُنیا میں پھَیل جائیں۔ مگر آدمی کے ظُلم سے ہمارے بچّے کمزور رہتے ہیں۔ اور بھُوکوں مرجاتے ہیں۔ نسل کی زیادتی اور ترقی

نہیں ہونے پاتی۔ آدمیوں کو کوئی حق نہیں۔ کہ ہمارا دودھ اپنے کام میں لائیں۔ اور ہمارے بچوں کو بھوکا رکھیں ۔

ٹٹو۔ گدھے۔ بیل نے فریاد کی۔ کہ آدمی بہت بے رحم ہیں۔ ہم پر طاقت سے زیادہ بوجھ لادتے ہیں۔ اور ہم کو مارتے پیٹتے ہیں۔ اور اس بات کا کچھ خیال نہیں کرتے۔ کہ ہم کو تکلیف ہوتی ہے۔ ہمارے بدن بھی ان ہی کی طرح کھال۔ گوشت اور ہڈی کے بنے ہوئے ہیں۔ اگر ان کو کوئی مارے پیٹے۔ تو انہیں کتنی تکلیف ہو؟ لیکن افسوس۔ کہ وہ پھر بھی ہم کو نہایت بے پروائی سے مارتے ہیں ۔

گلہری اور چھوٹے پرندوں نے بیان کیا۔ کہ "بعضے آدمی صرف کھیلنے کے لئے ہم پر غُلّے چلاتے ہیں۔ پتھر پھینکتے ہیں۔ چھرے مارتے ہیں۔ یہ کھیل ان کا کیسا بے رحمی کا کام ہے۔ اور اس سے ان کا کیسا وحشی پن ظاہر ہوتا ہے"؟

چنڈول۔ طوطا۔ لال بولے۔ کہ "آدمی ہم کو پکڑ کر پنجروں میں قید کرتے ہیں۔ اور ہمارے لوٹنے تڑپنے کا تماشا دیکھ دیکھ کر اپنا دل خوش کرتے ہیں ؎

تڑپتے رہے سوزِ غم سے ہمیشہ۔
اسی میں کٹی زندگانی ہماری۔

اور ہم غمگین قیدیوں کی آواز کو اپنی خوش دلی کا راگ جانتے ہیں"۔

شہد کی مکھیاں بھنبھناتی ہوئی آئیں۔ اور رونے لگیں۔ کہ آدمی ہم پر سب سے زیادہ ظلم کرتے ہیں + ہم مہینوں کی بڑی سخت محنت سے شہد جمع کرتی ہیں۔ آدمی ہماری خوراک کا سارا ذخیرہ زبردستی چھین کر لے جاتے ہیں۔ ہم پھولوں میں سے سوئی کی نوک نوک برابر شہد اپنے منہ میں لاتی ہیں۔ اور ہزاروں دفعہ آجا کر شہد کے دو چار قطرے جمع کرتی ہیں + یہ بے درد آدمی ہماری محنت کا رتی بھر خیال نہیں کرتے۔ اور نہیں جانتے۔ کہ کیسی کوشش سے۔ اور کتنی مدت میں ہم اپنی خوراک کا ذخیرہ جمع کرتی ہیں + ایک دم میں ہمارا گھر برباد کر دیتے ہیں۔ اور ویران اور تباہ کر کے ہمیں نکال دیتے ہیں۔ بلکہ ہمارے کنبے کی سینکڑوں جانیں بھی لے لیتے ہیں۔ اور ایسے لالچی ہیں۔ کہ ہمارے گھر کی دیواریں تک اُڑا کر لے جاتے ہیں + ہم کو اُن کے ظُلم سے ہر دفعہ نیا شہر اور نیا ٹھکانا بنانا پڑتا ہے۔ نیا گھر بنانا۔ نیا سامان جمع کرنا روز ہمارا کام ہے۔ اور ہم ابھی نیا گھر بنا بھی نہیں چکتے۔ کہ یہ لٹیرے ڈاکو پھر ہم پر ڈاکہ ڈالتے ہیں۔"

اُونٹ۔ بھیڑ اور سمور نے نالش کی۔ کہ" خدا نے ہم کو اُون کی پوشاک اور کھال پر بڑے بڑے بال اس لئے دِئے ہیں۔ کہ جاڑوں میں سردی سے ہم کو آرام ملے + یہ ظالم آدمی ہماری اُون کتر کے ہم کو ننگا کر دیتے ہیں۔ اور کچھ پروا نہیں کرتے۔ کہ ہم کو سردی کی کیسی تکلیف

ہوگی۔ یہ کیسی ظلم کی بات ہے۔ کہ جو پوشاک خُدا نے ہم کو دی ہے۔ وہ آدمی ہم سے چھین کر اپنے کام میں لائیں۔ بلکہ اسی پوستین کی خاطر بہت سے پشم دار جانوروں کو جان سے مار ڈالیں۔ یہ بڑی زبردستی کی بات ہے۔ یہ ہرگز خیال میں نہیں آتا۔ کہ آدمیوں کو یہ حق کیونکر حاصل ہُوا۔ کہ اپنی طرح کے جان داروں کی پوشاک چھین کر آپ آرام اور مزے حاصل کریں۔ اور جن کو خُدا نے وہ پوشاک بخشی ہے۔ اُن کو اپنے ظلم سے تکلیف دیں۔ اور ان کی جان لیں"۔

ہرن فریاد کرنے لگے۔ کہ "بعضے آدمی ہمارا گوشت تو نہیں کھاتے۔ صرف ہماری کھال کرسیوں پر ڈالنے اور بچھانے کے لئے ہماری جان لیتے ہیں۔ اور مرگ چھالا کو عمدہ اور پاک بچھونا جان کر بچھاتے ہیں"۔

جب ہرن نے اپنی جان لینے کا ذکر کیا۔ تو چاروں طرف کے پرند چرند پُکارنے لگے۔ کہ آدمی ہم سب کے مارنے میں بہت دلیر ہیں۔ اور ناحق ہم کو مارتے ہیں۔ شکار کھیلتے ہیں۔ اور دل لگی کے واسطے ہماری جان لیتے ہیں۔ اور مرگ چھالا کو عُمدہ اور پاک بچھونا جان کر بچھاتے ہیں۔

کُتے بھونک بھونک کر شور مچانے لگے۔ کہ ہم آدمیوں کی کتنی خدمت کرتے ہیں۔ وہ آرام سے پڑ کر سو جاتے ہیں۔ اور ہم رات رات بھر ان کے مکانوں کا پہرہ دیتے رہتے ہیں۔ چیخ چیخ کر اپنا گلا بٹھا لیتے ہیں۔ مگر کسی غیر آدمی کو قریب نہیں پھٹکنے دیتے۔ پھر بھی انسان ہم

پر ظلم کرتے ہیں۔ ہم کو مارتے پیٹتے رہتے ہیں۔ بلکہ اکثر زہر دے کر یا گولی مار کر ختم کر ڈالتے ہیں۔

سانپ۔ بچھو۔ بھونرا۔ تتیا غل مچانے لگے۔ کہ "آدمی ہماری بھی جان لیتے ہیں۔ لیکن اگر خدا کے نزدیک ہم سچ مچ بہت برے ہوتے تو وہ ہم کو پیدا کیوں کرتا؟"

مکھیاں دہائی دینے لگیں۔ کہ "آدمی ہمارے سخت دشمن ہیں۔ روز ہم کو مارتے ہیں۔ اُن کا تو یہ جی چاہتا ہے۔ کہ ہم کو دنیا کے پردے پر ہی نہ رہنے دیں۔ ہمارے مارنے کے لئے خاص قسم کا کاغذ بنوایا ہے۔ جس پر ہم بھول کر بیٹھ جاتی ہیں۔ اور بیٹھتے ہی جان کے لالے پڑ جاتے ہیں۔ لیکن خدا ہمارا مددگار ہے۔ ہماری آل اولاد میں برکت دیتا ہے۔ اور جس قدر آدمی ہمیں مارتے ہیں۔ اُتنی ہی ہم زیادہ پیدا ہوتی ہیں۔ بھلا ان آدمیوں سے کوئی پوچھے تو سہی۔ کہ تم خدا کی مخلوق کو جو ایسی بے رحمی سے مار ڈالتے ہو۔ تو کیا تم کو خدا کا ڈر نہیں! بھلا ہم نے ان کا کیا بگاڑا ہے"؟

مرغ۔ تیتر۔ بٹیر۔ قاز۔ کلنگ۔ مرغابی۔ کبوتر۔ چڑیاں۔ ہزاروں جانور فریاد کرتے آئے۔ کہ آدمی ایسے بلا نوش ہیں۔ کہ ہم کو کھا جاتے ہیں۔ بھرنے کو اپنا پیٹ غلے اور ترکاری سے بھی بھر سکتے ہیں لیکن اس پر صبر نہیں کرتے۔ اور ہماری جان لیتے ہیں۔ ان کو اس کا خیال نہیں

آتا۔ کہ اگر ان کو کوئی ذبح کرے۔ تو خود کیسے تڑپیں ؛ لیکن افسوس ہمارے تڑپنے کا کچھ اثر آدمی کے دل پر نہیں ہوتا"۔

مچھلیاں اُچھل اُچھل کر کہتی تھیں۔ کہ "آدمی ہم کو پانی سے نکال کر باہر ڈال دیتے ہیں۔ اور اسی تکلیف میں ہم تڑپ تڑپ کر جان دے دیتی ہیں۔ آدمی کو اس کا کچھ خیال نہیں آتا۔ اگر اپنے پَیر میں ایک کانٹا چُبھ جائے۔ تو کیسا بے چین ہو جاتا ہے۔ لیکن اَوروں کی جان لینے اور تکلیف کی کچھ پروا نہیں کرتا"۔ مُرغیاں اور بطخیں فریاد کرنے لگیں کہ آدمی ہماری جان کے بھی دُشمن ہیں۔ ہم کو کھا جاتے ہیں۔ ہمارے انڈے لے لیتے ہیں۔ اور ہماری نسل کو بڑھنے نہیں دیتے۔ اگر وہ ہمارے انڈے نہ لیں۔ تو ہم انڈوں کو سے کر بہت سے بچے نکالیں اور ہماری نسل بڑھ جائے۔ آدمی جو ہمارے انڈے کھا جاتے ہیں۔ اس سے ہمارے زیادہ بچے نہیں ہونے پاتے۔ اور نسل تباہ ہوتی ہے۔ خُدا نے ہماری نسل بڑھانے کے لئے ہم کو یہ قابلیت دی ہے۔ کہ بہت سے انڈے دیں۔ اور اُن سے بہت سے بچے نکالیں۔ یہ آدمی جو ہمارے انڈوں کو کھا جاتے ہیں۔ تو خُدا کی مرضی کے خلاف کرتے ہیں۔

یہ سب چرند پرند شکایت کرنے لگے۔ کہ ہم پر آدمیوں کا بڑا ظلم ہے ہم سے آرام پاتے اور فائدے اُٹھاتے ہیں۔ لیکن ہمارے دُکھ درد

کی خبر نہیں لیتے۔ آپ تو ذرا سی بیماری میں حکیموں اور ڈاکٹروں کا علاج کریں۔ اور ہم کو بیماری اور ضعیفی اور کمزوری میں بھی کام میں لائیں۔ اور ہمارے علاج کے واسطے نہ کسی حکیم کو بلائیں۔ اور نہ کوئی دوا پلائیں۔ مرتے مرجائیں یا جئیں۔ ان کو اپنے کام سے کام رہنا ہے۔ اپنے واسطے ڈاکٹری اور علاج معالجے کی کتابیں لکھ ڈالیں۔ اور روز کتابوں پر کتابیں لکھنے جاتے ہیں۔ ہماری بیماریوں پر نہ تو کتابیں لکھتے ہیں۔ نہ اُن کی تحقیقات کرتے ہیں۔ نہ دوا نہ علاج۔ اور اگر کسی رحم دل نے اِدھر ذرا توجہ کی بھی۔ اور سو پچاس بیماریوں میں سے دو چار کا علاج لکھا تو کوئی اس پر دھیان نہیں کرتا"۔

جب طوطے اور مینا بیگم نے یہ سب شکایتیں جانوروں کی سُن لیں۔ تو سب کو تسلّی دی۔ کہ ہم تُمہاری طرف سے یہ سب شکایتیں آدمیوں سے پوری طرح بیان کریں گے۔ اور ان کی طرف سے جو کچھ جواب ہم کو ملے گا۔ تم سے آکر کہیں گے۔ یہ کہہ کر سب چرند پرند کو رُخصت کیا۔ اور مینا بیگم اور طوطے میاں اُڑتے اُڑتے ایک شہر میں گئے۔ وہاں ایک جگہ آدمیوں کی ایک بہت بڑی مجلس لگی ہوئی تھی۔ اور بہت لوگ جمع تھے۔ مینا اور طوطا مجلس کی دیوار پر جا بیٹھے۔ اور اوّل مینا بیگم نے آدمیوں سے پُکار پُکار کر کہا۔ کہ" بھائیو ہماری بات سُنو"۔

مجلس کے سب آدمی مینا کی طرف دیکھنے لگے۔ پھر مینا اور طوطے

نے کہا۔کہ "تم عقل مند معلوم ہوتے ہو۔ ہم دونوں سب جانوروں کی طرف سے وکیل بن کر آئے ہیں۔ اور کچھ کہنا چاہتے ہیں۔ اگر سُنو اور انصاف کرو۔ تو کہیں"۔ سب آدمی اُن کی باتیں سُن کر بول اُٹھے۔کہ "ہم سب کچھ سُنیں گے۔ اور انصاف کریں گے"۔ مَینا اور طوطے نے چرند اور پرند کی سب شکایتیں بیان کیں مجلس کے آدمیوں نے جانوروں کی وہ سب شکایتیں سُن کر صلاح کی۔کہ ایک بڈھا آدمی جو اُن سب میں عقل مند تھا۔ ان شکایتوں کا جواب مَینا اور طوطے کے سامنے بیان کرے۔ اس بُڈھے نے جس کا نام علیمُ الدّہر تھا۔ یوں بیان کرنا شروع کیا۔

"سُنو مَینا اور طوطے میاں۔ گھوڑا۔ اونٹ۔ ہاتھی۔ خچر۔ گدھا جو شکایتیں کرتے ہیں۔کہ سوار ہونا اور بوجھ لادنا اُن پر ظُلم ہے۔ یہ اُن کی غلط فہمی ہے۔ خدا نے سب کو کام کرنے اور فائدہ پہنچانے کے لئے پَیدا کیا ہے۔ یہ جانور بے شک سواری اور بوجھ لے جانے کا کام کرتے ہیں۔ مگر اسی طرح آدمیوں میں کہار اور قُلی بھی یہ کام کرتے ہیں۔ خُدا نے ان جانوروں کو اس لئے پَیدا نہیں کیا۔کہ دن رات جنگل میں کُودتے ناچتے پھریں۔ کھیتوں کو اُجاڑیں۔ اور کسی کے کام نہ آئیں"۔

"آدمی ان جانوروں سے کام لیتے ہیں۔ مگر ساتھ ہی گھاس دانہ بھی دیتے ہیں۔ بلکہ لیاقت کے مطابق جو جانور اچھا کام کرتے ہیں۔

اس کو عُمدہ کھانا اور عمدہ پوشاک بھی دیتے ہیں۔ بعض گھوڑے دُودھ پیتے ہیں۔ جلیبی کھاتے ہیں۔ نرم بچھونا اُن کو ملتا ہے۔ عُمدہ کپڑے اُن کو اُڑھائے جاتے ہیں۔ زردوزی کے چار جامے اُن پر کسے جاتے ہیں۔ زیور اُن کو پہنائے جاتے ہیں۔ سائس اُن کی خدمت کرتے ہیں۔ صاف کرتے ہیں۔ نہلاتے ہیں۔ ہر دم اُن کی بھوک پیاس کی خبر رکھتے ہیں۔ جب محنت کر کے آتے ہیں۔ اُن کا بدن سائس دباتے ہیں۔ بیماری میں ان کی دوا ہوتی ہے۔ بھلا جنگل میں پھرا کرتے تو ایسی خدمت ان کی کون کرتا؟"

"سچ ہے۔ کہ محنت سے اُن کو پسینہ آ جاتا ہے۔ لیکن چار جامے۔ کاٹھی۔ اور گدّی محض اُن کے آرام کے واسطے ہیں۔ اگر ننگی پیٹھ پر بوجھ لادا جائے۔ تو اُن کی کمر زخمی ہو جائے۔ لگام نکیل لگانے سے صرف یہ مطلب ہے۔ کہ وہ آدمیوں کا کہنا مانیں۔ یہ جانور ایسے بے وقُوف ہیں۔ کہ اگر لگام اور نکیل نہ لگائی جائے۔ تو جدھر اُن کا جی چاہے چل دیں۔ اور اُچھل کُود کر آدمیوں کا نقصان کر دیں۔ اگر باتمیز ہوتے۔ تو لگام اور نکیل کی ضرورت نہ ہوتی۔ دیکھو کہاروں اور قُلیوں کے مُنہ میں لگام نہیں لگائی جاتی۔ وہ سمجھ دار ہیں۔ اور کہنا مانتے ہیں۔

"کوڑے سب جانوروں کو نہیں مارے جاتے۔ جو جانور شریر ہوتے ہیں۔ اُن کو درست کرنے کے واسطے آدمی کوڑے مارتے

ہیں۔ اور یہ کچھ ظلم کی بات نہیں۔ شریر آدمی بھی کوڑے کھاتے ہیں۔ اور پٹتے ہیں۔ بلکہ آدمی اپنے چھوٹے بچّوں کو درست کرنے کے واسطے تھپڑ اور بید سے مارتے ہیں۔ ہاں بے رحم آدمی ناحق کسی جانور کو مارے یا طاقت سے زیادہ بوجھ لادے۔ تو وہ بُرا ہے۔ اور اس کے لئے قانُون کی رُو سے سزا ہوتی ہے۔ رحم دل آدمی سزا دلواتے ہیں"۔

گائے بھینس اور بکری جو یہ شکایت کرتے ہیں۔ کہ آدمی ان کا دُودھ چھین لیتے ہیں۔ اور اُن کے بچّوں کو بھُوکا مارتے ہیں۔ یہ شکایت اُن کی بے جا ہے۔ خُدا نے گائے بھینس اور بکری کو اس قدر زیادہ دُودھ دِیا ہے۔ کہ اُن کے بچّے نہیں پی سکتے۔ اگر سب دُودھ اُن کا اُن کے بچّوں کو دیا جائے۔ تو وہ ہرگز نہ پی سکیں۔ اور اگر کوئی پی لے۔ تو ضرور بیمار ہو جائے۔ خُدا کی مرضی یہ ہے۔ کہ گائے بھینس بکری کو جو زیادہ دُودھ دیا ہے۔ وہ آدمیوں کے کام آئے"۔

"دیکھو گھوڑی کتنی بڑی ہوتی ہے۔ اور اس کا بچّہ گائے بھینس کے بچّے سے کم نہیں ہوتا۔ اگر زیادہ دُودھ کی ضرورت ہوتی۔ تو ضرور گھوڑی بھی گائے بھینس کی طرح زیادہ دُودھ دیا کرتی۔ جس قدر دُودھ بچھیڑے اور بچھیڑی کے لئے کافی تھا۔ اسی قدر خُدا نے گھوڑی کو دیا ہے۔ گائے بھینس کے بچّے گھوڑی کے بچّوں سے زیادہ دُودھ نہیں پیتے۔ اس لئے زائد دُودھ آدمی نکال لیتے ہیں"۔

"دیکھو بکری کا بچّہ اور ہرن کا بچّہ برابر ہوتا ہے، اگر ہرن کے بچّے کو زیادہ دُودھ درکار ہوتا۔ تو ہرنی بھی بکری کے برابر دُودھ دیتی، اس سے معلوم ہوتا ہے۔ کہ جس قدر ہرنی کا دُودھ ہے۔ وہ بچّے کے لئے کافی ہے۔ بکری جو زیادہ دُودھ دیتی ہے۔ اس کو آدمی اپنے کام میں لاتے ہیں، اگر زیادہ دُودھ نہ نکالیں۔ تو گائے بھینس بکری کے بچّے زیادہ دُودھ پی کر بیمار ہو جائیں۔ اور مر جائیں"۔

"بعضے چرند اور پرند یہ شکایت کہتے ہیں۔ کہ آدمی ان کو ناحق مارتے ہیں۔ اور بے سبب تکلیف دیتے ہیں، یہ شکایت درست ہے بعضے بے رحم لڑکے اور بُرے آدمی ایسے بھی ہوتے ہیں۔ کہ جانوروں کو ناحق تکلیف دیتے ہیں لیکن ایسے آدمی بہت کم ہیں۔ اور بڑی خوشی کی بات ہے۔ کہ ایسے بے رحم لڑکوں کو اُن کے ماں باپ بے رحمی کی سزا دیتے ہیں۔ اور اچھے آدمی بے رحم آدمیوں کو لعنت ملامت کرتے ہیں"۔

"چنڈول۔ مینا اور طوطے کو آدمی ضرور پکڑ کر پنجروں میں بند کرتے ہیں۔ مگر اکثر چھوٹے بچّوں ہی کو پکڑتے ہیں، اُن کو خُوب حفاظت سے رکھتے ہیں۔ چوگا دیتے ہیں۔ اور اُن کو کچھ تکلیف نہیں ہوتی، اگر شروع میں بڑے جانوروں کو تکلیف ہوتی ہے۔ تو وہ بُہت جلد اس تکلیف کو بھُول جاتے ہیں۔ اور آدمیوں کا مطلب اس سے یہ نہیں ہے۔ کہ جانوروں کو تکلیف دیں۔ بلکہ اُن کی خوش الحانی اور رنگ

برنگ کی آوازیں سُن کر خوش ہوتے ہیں۔ اور اُن جانوروں کے ساتھ بہت محبت کرتے ہیں۔ یہاں تک کہ جب اُن کے پلے ہوئے خوش آواز جانور مرجاتے ہیں۔ تو مثل اپنی اولاد کے اُن کے مرنے کا غم کرتے ہیں + پھر ایسے آدمی دُنیا میں ہیں بھی بہت کم۔ صرف وہی آدمی اس طرح جانوروں کو پکڑتے اور پالتے ہیں۔ جو بے شغل اور نکمّے ہیں + بعضے اَیسے بھی ہوتے ہیں۔ کہ جانور نہ رہے۔ تو بے چین ہو جاتے ہیں۔ یہ اپنی اپنی خواہش ہے "۔

"شہد کی مکھیاں آدمی پر بہت احسان کرتی ہیں۔ جو اپنی محنت کا پھل اُن کو چکھاتی ہیں + ظاہرا مکھیوں کی یہ شکایت دیکھا دیکھی کی ہے۔ ورنہ یہ مکھّیاں بہت بلند ہمت ہیں۔ اس قدر محنت کرنا اور اپنے واسطے اور آدمیوں کے واسطے شہد جمع کرنا اُن کے بُلند ہمّت ہونے کی نشانی ہے آدمیوں کو خُوب یقین ہے۔ کہ شہد کی مکھیاں بہت محنتی ہیں۔ اور شہد لینے سے تھوڑی دیر ناراض رہتی ہیں۔ پھر بہت جلد بھُول جاتی ہیں۔ اگر ایسی محنتی نہ ہوتیں۔ اور اُن کے بھُوکا مرنے کا ڈر ہوتا۔ تو آدمی اُن کا شہد بھی نہ لیتے + مینا بیگم تم ان کو سمجھا دو۔ کہ تمہارا یہ کام بڑی جواں مردی کا ہے۔ کہ اپنی محنت سے اَوروں کو فائدہ پہنچاتی ہو + وہ لوگ دُنیا میں بہت اچھّے گِنے جاتے ہیں۔ جو اپنی کمائی اَوروں کو دے کر آرام پہنچاتے ہیں + آدمی یہ سمجھتے ہیں۔ کہ خُدا نے شہد کی مکھّیوں کو جو

اس قدر جفاکش اور محنتی بنایا ہے۔ تو اس کی مرضی یہی تھی۔ کہ شہد سے آدمی بھی فائدہ اُٹھائیں۔ اور ان کی غذا ہماری دوا کا بھی کام کرے۔"

"یہ سچ ہے۔ کہ شہد لینے میں ہزاروں مکھیاں مرجاتی ہیں۔ لیکن وہی مکھیاں مرتی ہیں۔ جو کنجوس اور لالچی ہیں۔ جو مکھیاں بلند ہمت ہیں۔ وہ فوراً خوشی سے چل دیتی ہیں۔ اور اپنی کمائی کا ذخیرہ دُوسروں کی بھلائی کے لئے لُٹا کر پھر اسی شوق اور محنت میں لگ جاتی ہیں۔"

"بھیڑ اور اُونٹ جو شکایت کرتے ہیں۔ کہ اُن کی پوشش آدمی چھین لیتے ہیں۔ یہ شکایت بے سوچے سمجھے اُنہوں نے کی ہے۔ آدمی کبھی جاڑوں میں بھیڑ یا اونٹ کی اُون نہیں کترتے۔ جب جاڑا نکل جاتا ہے۔ اور گرمی کی آمد ہوتی ہے۔ اُس وقت اُون کتری جاتی ہے۔ یا گرمیوں میں اُون کترتے ہیں۔ اور اس سے یہ مطلب ہوتا ہے۔ کہ اُون گرمیوں میں نہ رہے۔ اگر آدمی اُون کو نہ کتریں۔ تو بھیڑ اور اُونٹ گرمی کے مارے مرجائیں۔ اُون کترنے سے ان جانوروں کا بھی فائدہ ہے۔ اور آدمیوں کا بھی۔ آدمی اُون سے قالین۔ کمبل۔ دُھسا۔ نمدہ بناکر آرام حاصل کرتے ہیں۔ پوستین کے لئے بےشک آدمی جانوروں کو مارتے ہیں لیکن اگر بغیر ضرورت کے ماریں۔ تب تو بےشک یہ ظلم ہو۔ لیکن اگر ضرورت ہو۔ تو آدمی کی ضرورت جانوروں کی ضرورتوں سے مقدم ہے۔"

سانپ۔ بچھو۔ بھڑ۔ مکھیاں۔ بھیڑیا۔ چیتا۔ تیندوا۔ شیر جو شکایت کرتے

ہیں۔ کہ آدمی ان کو مار ڈالتے ہیں۔ یہ بات سچ ہے۔ آدمی اُن کے دشمن ہیں لیکن دیکھنا یہ چاہیئے۔ کہ آدمی اُن کو ناحق مارتے ہیں۔ یا اُن کا مارنا واجبی ہے۔ اگر آدمیوں کا مارنا ناحق ثابت ہو۔ تو البتہ ظلم ہے۔ اور جو واجبی ہے۔ تو اُن جانوروں کی شکایت بے جا ہے۔ یہ بات انصاف کی ہے۔ کہ جو ہماری جان لینی چاہے۔ ہم اس کو روکیں۔ اور اپنی جان بچائیں۔ اور ایسی تدبیر کریں۔ کہ پھر ہم کو اپنی جان جانے کا اندیشہ نہ رہے۔ سانپ آدمی کی جان لیتا ہے۔ اگر آدمی اس کو مار ڈالتا ہے۔ تو اپنی جان بچاتا ہے۔ اور اس کی طرف سے اپنی فکر مٹاتا ہے۔ اگر نہ مارے تو یہ اندیشہ اور خوف رہتا ہے۔ کہ جب قابو ملے گا۔ یہ ہماری جان لے لے گا۔ پس ایسے جانوروں کو مار ڈالنا جو آدمی کی جان کے دشمن ہیں۔ عین انصاف ہے۔ اس میں بالکل ظلم نہیں۔ جانوروں کا تو کیا ذکر۔ آدمی جب آدمی پر تلوار چلاتا ہے۔ تو اس کو مار ڈالتے ہیں۔

" بعضے جانور جان کے دشمن نہیں۔ لیکن تکلیف دیتے ہیں۔ جیسے بچھو بھڑ۔ مکھیاں۔ ان کو بھی ان کی شرارت کی وجہ سے سزا دی جاتی ہے بچھو زیادہ تکلیف دیتا ہے۔ اور اس کی تکلیف دینے کی عادت ہے۔ اور آدمیوں سے دلی دشمنی رکھتا ہے۔ اس لئے آدمی اپنی حفاظت کے لئے اس کو مار ڈالتے ہیں۔ مکھیاں دِق کرتی ہیں۔ اُن سے آدمی تکلیف پاکر دِق ہوتے ہیں۔ اور نفرت کرتے ہیں۔ اور صرف اُڑا دیتے ہیں۔"

"ان جانوروں کے مارنے کا ایک اَور سبب بھی ہے۔ اس پر خُوب غور کرو۔ جب اندیشہ بڑے نُقصان کا ہو۔ تو اس سے بچنے کے لئے تھوڑا نُقصان کرنا عقل کی بات ہے۔ فرض کرو۔ ایک گائے یا بَیل کے بدن میں کیڑے پڑ جائیں۔ تو دوائی دے کر سینکڑوں کیڑوں کو مار ڈالنا گائے بیل کی جان بچانے کے واسطے کچھ بُرا نہیں۔ گرمی میں کُتّے اکثر دیوانے ہو جاتے ہیں۔ اور دیوانہ کُتّا آدمی کو کاٹ کھائے۔ تو آدمی مرجاتا ہے۔ اس لئے آدمی کی جان کی خاطر اگر کُتّے مار ڈالے جائیں۔ تو کوئی خرابی نہیں۔ یہ جانور جو سمجھتے ہیں۔ کہ اُن کی جان اور آدمی کی جان برابر ہے۔ یہ اُن کی غلط فہمی ہے۔ چھوٹے چھوٹے کیڑے جو لاکھوں اور کروڑوں روز مرتے ہیں۔ اُن کی قدر ایسی نہیں ہو سکتی۔ جیسے گھوڑے اور بیل کی جان کی قدر ہے۔ ایک تیتر روز ہزاروں کِرم کھا جاتا ہے۔ اگر سب جانیں برابر ہوتیں۔ تو خداوند کریم ہرگز تیتر کی جان کے واسطے ہزاروں دِیمک اور کیڑوں کی جان کو نہ مارتا۔ جب ایک تیتر لاکھوں زِندہ کیڑے کھا کر اپنی جان پالتا ہے۔ اور بگلے سینکڑوں مچھلیاں روز کھاتے ہیں۔ اور بڑی مچھلیاں چھوٹی مچھلیوں کو کھا کر بُھوک کی تکلیف سے بچتی ہیں۔ تو صاف ظاہر ہے۔ کہ ادنےٰ درجے کے کیڑے اور جانور بڑے جانوروں کے لئے ساگ پات اور گھاس پھُونس کی طرح ہیں۔ اگر ہر ایک جان برابر ہوتی تو گائے کی جان بچانے کو ہزاروں کیڑے جو

اس کے بدن میں زخم کے اندر پڑ جاتے ہیں۔ نہ مارے جاتے۔ اور ہرگز تیتر لاکھوں کیڑے اپنی ایک جان رکھنے کو نہ کھا سکتا"۔

"بلّی چوہوں کو کھالیتی ہے۔ شیر بڑے بڑے جانوروں کو کھالیتا ہے۔ اس طرح ہزاروں لاکھوں جانیں برباد کر کے جانور خود اپنا پیٹ پالتے ہیں۔ اور اس طرح ادنیٰ کی جان اعلیٰ درجہ کے جانوروں کے کام آتی ہے۔ اور اعلےٰ درجے کے جانور اپنی تکلیف دُور کرنے کے لئے سینکڑوں کی جانیں لیتے ہیں۔ تو پھر آدمی جو سب جانداروں سے اعلےٰ اور سب سے بڑھ کر ہے۔ اگر اپنی تکلیف سے بچنے کے لئے جانوروں کو تکلیف دے۔ یا اُن کی جان لے۔ تو اس میں کوئی ظلم نہیں ہے۔ آدمی یہ خیال کرتے ہیں۔ کہ ادنیٰ جانوروں کی جانیں ایسی بے قدر ہیں۔ کہ روزمرہ ہزاروں لاکھوں بغیر کسی کے مارنے کے ضائع ہوتی ہیں۔ آدمی کے مُنہ سے سانس نکلتا ہے۔ اس سے بہت سے کیڑے مرجاتے ہیں۔ آدمی پانی کے لاکھوں کیڑے ہر روز پی جاتا ہے اور جانوروں کے چلنے پھرنے سے صدہا کیڑے اور چیونٹیاں مر جاتی ہیں۔ جب اس طرح خود بخود ہزاروں لاکھوں چھوٹے درجے کی جانیں ضائع ہوتی ہیں۔ تو آدمی یہ سمجھتے ہیں۔ کہ اگر ہم اپنی تکلیف دُور کرنے کو یا آرام کرنے کو چھوٹے درجے کے جانوروں کو بھی کام میں لائیں۔ تو کچھ بُرائی نہیں"۔

"بھیڑ۔ بکری۔ مرغ۔ قاز۔ کلنگ اور بطخ وغیرہ جانور یہ شکایت کرتے ہیں۔کہ آدمی ظلم کرتے ہیں۔اور ہم کو کھا جاتے ہیں۔ اس شکایت کو بعض قوم کے آدمیوں نے درست سمجھا ہے۔ جین اور پرہیزگار جن کو سرادگی بھی کہتے ہیں۔ اور برہمن اکثر قسم کے گوشت کھانے کو بیرحمی سمجھتے ہیں۔اور جانوروں کی جان کو اپنی جان کے برابر خیال کرکے جانوروں کو مارنا سخت ظلم جانتے ہیں۔ لیکن تمام دنیا میں گوشت کھانے والے بہت ہیں۔ عیسائی اور مسلمان اور بہت سے ہندو اور پارسی وغیرہ سب ملکوں میں گوشت کھاتے ہیں۔اور بعض سرد ملکوں میں بغیر گوشت کھائے انسان جی نہیں سکتا۔ اوّل تو سرد ملکوں میں کچھ اُگتا نہیں۔دوسرے گوشت اور چربی سے جسم گرم رہتا ہے۔ غرض یہ بات غور کے قابل ہے۔کہ کھانے کے واسطے جانوروں کو مارنا بے رحمی ہے یا نہیں؟"

"برسات میں کینچوے اور بیر بہوٹی اور جھینگے صدہا طرح کے جانور لاکھوں کروڑوں پیدا ہوتے ہیں۔اور پانی کی رو میں لاکھوں بہ جاتے ہیں اور مر جاتے ہیں۔ سردی اور گرمی میں لاکھوں کیڑے موسم کی سختی سے فنا ہو جاتے ہیں۔پھر لاکھوں چھوٹے چھوٹے کیڑے ایسے جانوروں کی خوراک ہیں۔جو اُن سے بناوٹ میں ذرا اعلیٰ درجہ رکھتے ہیں۔اگر حقیقت میں جانوروں کا اس طرح مرنا بے رحمی ہوتی۔ تو کیڑوں کی

کروڑوں جانیں پانی کی رَو اور موسم کی سختی سے ضائع نہ ہوتیں۔ اور ایک جانور دُوسرے کو نہ کھاتا۔ بگلا کیچڑ کھا کر اور مُرغ۔ تیتر دانہ کھا کر اپنا پیٹ بھر لیتے۔ کیڑوں کو نہ کھاتے، مکڑی اپنا جال مکھیوں کے پکڑنے کو نہ پھیلاتی۔ شیر اور بھیڑیا گھاس اور درختوں کے پتّے کھا کر اپنا پیٹ بھر لیتے۔ جانوروں کو اپنے کھانے کے واسطے نہ مارتے، جب ہم جانوروں کی زندگی کا یہ طریقہ دیکھتے ہیں۔ تو صاف ظاہر ہوتا ہے۔ کہ ادنےٰ درجہ کی جانیں بے قدر ہیں۔ اور اس قسم کی جانیں اعلیٰ درجہ کے جانوروں کے کام آتی ہیں، اس واسطے یہ سمجھنا غلط ہے۔ کہ سب کی جانیں برابر ہیں"۔

"یہ بات ظاہر ہے۔ کہ سب سے زیادہ مُفید غذا گوشت کی ہے۔ اور مزے میں بھی سب غذاؤں سے گوشت کی غذا مزے دار ہوتی ہے، تو اس صورت میں آدمی کو گوشت کھانے کی ضرورت ہے، اور جب بہت سے جانور جو آدمی سے نہایت کم درجہ رکھتے ہیں۔ گوشت کھاتے ہیں۔ اور کوئی بُرائی اور بے رحمی اُن کے گوشت کھانے میں نہیں ہے تو آدمی کو گوشت کھانے سے کوئی الزام نہیں دیا جا سکتا"۔

جب مینا اور طوطے نے یہ باتیں سُنیں۔ تو وہ علیم الدہر سے کہنے لگے کہ "جواب تو تُمہارے معقول ہیں۔ مگر ہم پھر جانوروں کی کونسل جمع کر کے تُمہارے جواب سب جانوروں کے سامنے بیان کریں گے، اگر

جانوروں نے تمہارے جواب سُن کر اقرار کرلیا۔ کہ آدمی جو کچھ جانوروں کے ساتھ برتاؤ کرتا ہے۔ وہ مناسب ہے۔ اور ظلم نہیں۔ تو بہتر۔ ورنہ ہم پھر بحث کریں گے + آدمیوں کی مجلس نے اس بات کو منظور کیا + مَینا اور طوطا رُخصت ہوئے۔ اور مجلس برخاست ہوئی +

بے وقُوف کوّا

ایک کوّا کہیں سے اخروٹ اُڑا لایا + اسے اپنی چونچ میں لئے پھرتا تھا۔ اور بار بار کسی درخت پر یا کسی دِیوار سے دے مارتا۔ مگر اخروٹ تھا۔ کہ ٹُوٹنے میں ہی نہ آتا تھا + گلہری دیر سے یہ تماشا دیکھ رہی تھی۔ اُس نے کوّے سے کہا۔ کہ "بھائی تم اس ذرا سی چیز کے پیچھے کیوں حیران ہو رہے ہو؟" کوّے نے کہا "مَیں نے سُنا ہے۔ اخروٹ بڑے مزے کی چیز ہے۔ اور جب یہ چاروں طرف سے بند ہے۔ اور ایسا سخت ہے۔ تو ضرور اس میں کوئی عجیب نعمت ہوگی + مجھ سے جس طرح بھی ہو سکے گا۔ اس کو توڑ کر رہوں گا" +

یہ سُن کر گلہری کے مُنہ میں پانی بھر آیا + کوّے سے کہا۔ اگر مانو تو مَیں اس کے توڑنے کی ترکیب بتاؤں؟ کوّے نے جواب دیا

ہاں بہن بتاؤ۔ میں تمہاری بات ضرور مانوں گا۔ جلدی بتاؤ" گلہری نے خوش ہوکر دُم ہلائی۔ اور کوّے سے کہا: "دیکھو یہ پاس مسجد ہے۔ اس کے مینار پر بیٹھ کر اخروٹ کو نیچے فرش پر چھوڑ دو۔ اپنے آپ ٹوٹ کر ٹکڑے ٹکڑے ہو جائے گا۔ پھر آکر مزے سے کھا لینا" کوّے نے اسی طرح کیا۔ مگر جب تک وہ نیچے اُترے۔ گلہری اخروٹ کی گری لے کر چلتی بنی۔ چھلکے ہی چھلکے وہاں پڑے رہ گئے۔ کوّا یوں تو بہت سیانا ہوتا ہے مگر یہاں گلہری کے دھوکے میں آگیا۔

مطلبی آدمی جو کسی کو صلاح دیتا ہے۔ اس میں کچھ نہ کچھ اپنا فائدہ ضرور سوچ لیتا ہے۔ ایسی صلاح کو خوب سوچ سمجھ کر منظور کرنا چاہئے۔

دُشمن کو ناچیز مت سمجھو

پہلے زمانے میں کسی جنگل میں ایک نہایت عُمدہ باغ تھا۔ بہت ہی بڑا۔ اُس میں طرح طرح کے عجیب عجیب درخت تھے۔ ایک درخت تو بہت ہی اُونچا تھا۔ اُس پر بہت سے کوّے بستے تھے۔ ان کوّوں میں سے ایک اُن کا بادشاہ تھا۔ اور اس کا خوف سب کوّوں پر چھایا ہؤا تھا۔ اُس کی اجازت کے بغیر کوئی پَر نہیں ہلا سکتا تھا۔ اور کوئی جانور

بادشاہ کے حکم کے بغیر باغ میں نہ آسکتا تھا۔ اس بادشاہ کے چار وزیر تھے۔ جن میں سے ایک کوا جس کا نام کارشناس تھا۔ بہت ہی عقلمند تھا۔ وہ ہر حالت میں بادشاہ کا مددگار اور صلاح کار تھا۔

ایک رات تمام کوّے آرام سے بیٹھے ہوئے تھے۔ کہ اچانک اُلوؤں کا ایک گروہ وہاں سے گزرا۔ وہ باغ کو دیکھ کر نہایت خوش ہوئے۔ اور اُنھوں نے اندر جاکر باغ کو اُجاڑنا اور غریب کوّوں کو مارنا شروع کیا۔ وہ تمام رات باغ کو برباد کرتے رہے۔ کوّے اندھیرا ہونے کے سبب لڑائی نہ لڑ سکے۔ اور اُلو تمام رات خوشی سے پھل پھول کھاتے رہے۔

جب سُورج نے نکل کر تمام جہان کو روشن کیا۔ تو بادشاہ تک خبر پہنچی۔ بادشاہ غصّے سے لال ہوگیا۔ فوراً حکم دیا۔ کہ تمام رعیت باغ میں حاضر ہو۔ اور مناسب تدبیر سوچی جائے۔ چنانچہ رعیت اور تمام امیر اور وزیر حاضر ہوئے۔ اور بادشاہ نے ان سے رائے لینی شروع کی۔ پہلے بادشاہ نے ایک وزیر سے پُوچھا۔ کہ اس مُعاملے میں تیری کیا رائے ہے؟

وزیر ہاتھ باندھ کر کھڑا ہوگیا۔ اور کہا۔ کہ "بادشاہ کا اقبال ہمیشہ رہے۔ ہم کو یہ جگہ چھوڑ دینی مناسب ہے۔ کیونکہ دُشمنوں کا بہت زور معلوم ہوتا ہے۔ اور اُن کے حملے کا وقت بُرا ہے۔ ایسا نہ ہو۔ کہ کبھی ہم اور ہمارے بال بچّے تمام کے تمام مارے جائیں۔ اور دُشمنوں کا

قبضہ ہو جائے ؀

یہ بات سُن کر بادشاہ نے دُوسرے وزیر کی طرف دیکھا۔ کہ تیری کیا رائے ہے؟ اس نے ہاتھ جوڑ کر عرض کی۔ کہ "حضور کی دولت زیادہ ہو۔ جو کچھ پہلے وزیر نے کہا ہے۔ وہ ٹھیک نہیں۔ ہم کو مناسب یہ ہے کہ اوّل جاسُوس بھیجیں۔ اور دُشمنوں کی خبر منگائیں۔ پھر جیسی خبر آئے۔ ویسا انتظام کیا جائے"؀

بادشاہ نے اب تیسرے وزیر کی طرف اشارہ کیا۔ کہ تیری کیا رائے ہے؟ تیسرا وزیر بولا۔ کہ جہاں پناہ قیامت تک سلامت رہیں۔ جو کچھ پہلے دونو وزیروں نے عرض کیا ہے۔ مجھے وہ پسند نہیں۔ ہم کو اپنی ہمت سے لڑائی کے لئے تیار ہونا چاہیئے۔ اور بہت سے جاسُوسوں کو مُلک کے اِرد گِرد بٹھانا چاہیئے۔ جب دُشمن آئیں۔ تو فوراً لڑائی کردیں۔ اور اُن کو بھگا کر ہمیشہ کا آرام اور بے فکری حاصل کریں ؀

بادشاہ نے یہ بھی سُنا۔ پھر کارشناس سے فرمایا۔ کہ اس بات میں تیری کیا رائے ہے؟

کارشناس نے کھڑے ہوکر ادب سے سلام کیا۔ اور کہا "ہم کو اسی طور سے بدلہ لینا چاہیئے۔ جس طرح دشمنوں نے کیا ہے"؀

بادشاہ۔ بدلہ لینے کے واسطے تُو نے کیا تدبیر سوچی ہے؟

کارشناس۔ بادشاہ سلامت وہ تدبیر تنہائی میں عرض کروں گا ؀

بادشاہ - اچھا رات کو میرے پاس آنا ۔

جلسہ برخاست ہوا - اور بادشاہ نے حکم دے دیا - کہ کارشناس کے سوا اَور کوئی جانور نہ آنے پائے ۔ اس انتظام کے بعد کارشناس رات کو بادشاہ کے پاس گیا - اور کہا :-

" بادشاہ سلامت آپ صُبح کے وقت میرے پَر اور بازُو نوچنے کا حُکم دیں - اور فلاں دن تک سیر کے بہانے سے کہیں باہر رہ کر پھر واپس آجائیں ۔ جب دشمن آئیں گے - تو فریب سے مَیں اُن کے گھر (غار) تک جاؤں گا - اور اُن کا خاتمہ کر کے زندگی رہی - تو پھر آملوں گا لیکن آپ صُبح کے وقت پَر نوچنے کا حکم دیتے ہوئے بڑا غصّہ ظاہر کریں "۔

دن نکلنے پر بادشاہ نے سپاہیوں کو بلا کر بڑے غُصّے سے حکم دیا - کہ کارشناس کے پر نوچ ڈالے جائیں ۔ وزیروں اور امیروں نے سمجھا کہ شاید کارشناس کی رائے بادشاہ کو پسند نہیں آئی ۔ خیر کارشناس کے بازو اور پَر نوچ لئے گئے - اور اسے درخت کے نیچے پھینک کر بادشاہ تمام رعایا کو ساتھ لے کر کسی دُوسری جگہ چلا گیا - اور کارشناس بے چارہ زخمی ہو کر تمام دن وہیں پڑا رہا ۔

جب رات ہوئی - تو اُلوؤں کے گروہ کے گروہ آ کر باغ میں گھُس گئے - اور اس کو برباد کرنے لگے ۔ ادھر کارشناس نے آہستہ مگر درد بھری آواز سے رونا شروع کر دیا ۔ کارشناس کی آواز اُلوؤں کے بادشاہ

نے سُنی۔ اس وقت اس کے ساتھ تین وزیر تھے۔ اُس نے اُن سے پُوچھا۔ کہ یہ کیسی آواز ہے؟ ایک اُلّو نے خبر دی۔ کہ ایک غریب بیکس اور زخمی کوّا پڑا کراہ رہا ہے۔ بادشاہ خود تینوں وزیروں سمیت کارشناس کے پاس آیا۔ اور پُوچھا۔ کہ تُو کون ہے؟

کارشناس (رو کر) حضور پُرنور مَیں ایک غریب کوّا ہوں۔ اور اس باغ کے مالکوں میں سے ہوں ٭

بادشاہ۔ تیرا ایسا حال کیوں ہوُا ہے؟

کارشناس۔ بادشاہ سلامت آپ کے حملے کے بعد ہمارے بادشاہ نے جلسہ کر کے وزیروں امیروں سے رائے پُوچھی۔ کہ کیا کیا جائے۔ جب میری باری آئی۔ تو مَیں نے صاف کہہ دیا۔ کہ آپ اُلّوؤں کے بادشاہ جیسا اقبال نہیں رکھتے۔ اور اُن کا لشکر بہت بڑا ہے۔ اس لئے مناسب ہے۔ کہ خراج ادا کریں۔ اور تابعداری اختیار کریں۔ ہمارے بادشاہ کو یہ بات بہت بُری معلوم ہوئی۔ اور اس نے میرا یہ حال کر کے مُجھے ذلیل کیا ہے۔ مَیں اب آپ کے رحم کا اُمیدوار ہوں۔ اور میری عرض ہے۔ کہ آپ میرے حال پر ترس کھائیں۔ اور میرے اچھے ہونے تک مجھے اپنے پاس رکھیں ٭

بادشاہ کو کوّے کا یہ حال دیکھ کر رحم آیا۔ اور اس نے وزیروں سے پُوچھا۔ کہ اس باب میں تمہاری کیا رائے ہے؟

پہلا وزیر (ادب سے کھڑے ہوکر) بادشاہ سلامت یہ جانور ہمارے دشمنوں میں سے ہے۔ اور اگرچہ زخمی اور عاجز ہے۔ تو بھی یہ اس کا سراسر فریب معلوم ہوتا ہے ۔ مجھے ڈر ہے۔ کہیں ایسا نہ ہو۔ کہ اس نے بدلہ لینے کے واسطے یہ حالت بنائی ہو۔ اس لئے میرے خیال میں اس دشمن کو بہت جلد قتل کرنا چاہیئے ۔ اور اس کو اس فریب کی سزا دینی چاہیئے ۔

جب کارشناس نے یہ بات سُنی۔ تو رو کر عرض کی ۔

"حضور مَیں تو خود مرا ہوُا ہوں ۔ مجھے مارنا کیا ؟ شاید مَیں خود ہی مرجاؤں "۔

بادشاہ نے یہ سُن کر مُنہ پھیر لیا۔ اُسے بہت رحم آیا۔ اور وہ وزیر پر بہت غُصّے ہُوا۔ پھر دُوسرے وزیر کو اشارہ کیا۔ کہ" بتاؤ تُمہاری کیا رائے ہے"؟

دوسرا وزیر۔ جب دُشمن بے پناہ۔ غریب اور بے کس ہو۔ تو اُس پر رحم کرکے احسان کرنا چاہیئے ۔ یہ جانور اب زخمی اور بے کس ہے۔ اس لئے اس کو غار میں لے جاکر اس کا علاج کرنا چاہیئے ۔

بادشاہ نے یہ سُن کر تیسرے وزیر کو رائے ظاہر کرنے کا حکم دیا ۔

تیسرا وزیر۔ اس کو قتل کرنا کیا معنی۔ اس کو تو آرام سے رکھا جائے۔ اور اس کا علاج کیا جائے۔ تو اچھا ہے ۔

جب تیسرے وزیر نے یہ کہا۔ تو پہلا وزیر پھر بولا۔ دیکھو غفلت کی نیند سے جاگو۔ اور کانوں سے رُوئی نکالو۔ تمہیں کیا ہو گیا ہے۔ داناؤں نے کہا ہے۔ کہ دُشمن کے فریب سے ہر وقت ڈرنا چاہیئے۔ شاید تم نے اس بندر کی کہانی نہیں سُنی۔ جس نے اپنے دُشمنوں یعنی ریچھوں کے مارنے کو اپنی جان دے دی تھی"۔

بادشاہ نے کہا۔ کہ وہ کہانی کس طرح ہے؟ وزیر نے اس طرح بیان کرنی شروع کی:۔

بندر کی کہانی

ایک جنگل میں بڑا عجیب باغ تھا۔ جس میں بہت سے بندر رہتے تھے۔ ان بندروں کا ایک بادشاہ تھا۔ جس کا ایسا دبدبہ تھا۔ کہ شیر بھی اس سے ڈرتے تھے۔

ایک دفعہ یہ بادشاہ شکار کے واسطے تمام بندروں کو ساتھ لے کر گیا۔ اور صرف چند بندر باغ کی حفاظت کے لیئے وہاں چھوڑ گیا۔ ان دِنوں ریچھوں کا ایک گروہ باغ کے نزدیک سے گزرا۔ اُنہوں نے جو دیکھا۔ کہ بندروں کا ایسا عُمدہ باغ ہے۔ تو مُنہ میں پانی بھر آیا۔ اور سوچنے لگے۔ کہ جس طرح بھی ہو یہ باغ ہمیں مل جائے۔

چنانچہ وہ تمام باغ کے اندر چلے گئے۔ اور اُنہوں نے بندروں کو

مارنا اور درختوں کو اُجاڑنا شروع کیا۔ اور دم بھر میں سب بندر مار کر باغ ویران کر دیا ؂

ایک بندر کہیں سے بچ کر اپنے بادشاہ کے پاس گیا۔ اور اُس کو پُورا پُورا حال سُنایا۔ بادشاہ کو نہایت غُصّہ آیا۔ اور وہ کہنے لگا۔ وہ کون بدمعاش ہیں۔ جو ہمارے باغ کو یُوں برباد کر گئے ہیں ؟

اسی غصّے میں اس نے لشکر کو حکم دیا۔ کہ جہاں کوئی ریچھ مل جائے اس کا صفایا کر دو۔ اور باغ کی طرف چلو ؂

جب وہ باغ میں آئے۔ تو ریچھ تو باغ اُجاڑ کر چلے گئے تھے۔ اس لئے ان کا نام و نشان بھی نہ پایا۔ مگر باغ سخت ویران نظر آیا ؂ بندروں کے بادشاہ نے سب کو جمع ہونے کا حکم دیا۔ اور دن مقرر کر دیا۔ کہ فلاں تاریخ تمام رعایا حاضر ہو۔ تاکہ سب سے رائے لی جائے۔ اور دُشمنوں کا علاج سوچا جائے ؂

جب وہ دن آیا۔ تو تمام بندروں نے اپنی اپنی رائیں ظاہر کیں۔ لیکن کسی کی رائے بادشاہ کو پسند نہ آئی۔ اُس نے دیکھا۔ کہ ایک بندر بڑی سوچ میں ہے۔ فوراً اس کو حکم دیا۔ کہ تُم بھی کچھ بولو ؂

اس بندر نے کھڑے ہو کر کہا۔ جناب عالی مَیں سب سے الگ ہو کر اپنی رائے ظاہر کروں گا ؂

اس پر بادشاہ نے یہ حکم دیا۔ کہ رات کو سوائے اس بندر کے

میرے پاس اَور کوئی نہ آئے ؛

جب رات ہوئی۔ تو وہ بندر آیا۔ ادب سے سلام کرکے بیٹھ گیا۔ اور بولا :۔

جناب بادشاہ سلامت! حضور صُبح کو میرے ہاتھ اور بازُو توڑ کر مُجھے نیچے گِرا جائیں۔ اور خود رعایا سمیت یہاں سے نکل جائیں۔ اور اتنے دن کے بعد یہاں آکر خوشی سے رہیں ؛

جب صبح ہوئی۔ اور سُورج نکلا۔ تو بندروں کے بادشاہ نے حُکم دیا۔ کہ اس بندر کے ہاتھ اور پاؤں توڑ کر گرا دیں۔ اور تمام رعایا یہاں سے چل دے۔ چنانچہ وہ اس بے چارے کو زخمی کرکے وہاں چھوڑ گئے۔ اور آپ چلے گئے۔ کچھ منٹ وہ اسی طرح پڑا رہا۔ لیکن جلدی ہی ریچھ آ گئے۔ ایک ریچھ نے دیکھا۔ کہ کوئی بندر درد سے رو رہا ہے۔ اس نے بادشاہ کو خبر دی۔ بادشاہ نے آکر بندر سے پُوچھا۔ کہ کیوں اس طرح روتا ہے؟ بندر نے وہی بات کہی۔ جو اس کوے نے کہی ہے۔ ریچھوں کو رحم آ گیا۔ اُنہوں نے پُوچھا۔ بندر کدھر گئے ہیں؟

بندر:۔ افسوس مَیں چل پھر نہیں سکتا۔ اگر مَیں تندرست ہوتا۔ تو ضرور چل کر راستہ دِکھاتا ؛

ریچھوں کا بادشاہ:۔ غم نہ کر۔ ایک ریچھ پر سوار ہو جا۔ اور ہمیں راستہ دِکھلاتا چل ؛

بس وہ بندر ایک ریچھ کے اوپر چڑھ بیٹھا۔ اور اُن کو بھگانا شروع کیا۔ یہاں تک کہ وہ ایک ریتلے میدان میں پہنچ گئے۔ جہاں گرمی اس قدر تیز تھی۔ کہ دوپہر کے وقت سب ریچھ اس بالو کی زہریلی گرم ہوا کے باعث اس بندر سمیت مر گئے۔

بادشاہ سلامت۔ کہیں یہ کوا بھی ہمیں اس بندر کی طرح خراب نہ کرے۔ جہاں تک ہو سکے۔ اس کا سر جلدی جُدا کرنا چاہیئے"۔

اس پر کارشناس نے پھر رونا شروع کیا۔ اور کہا "اگر آپ مجھے نہیں لے جاتے۔ تو پھر مجھے آپ یہاں ہی پڑا رہنے دیجئے۔ ناحق میرا خُون اپنی گردن پر نہ لیجئے۔ خوراک کے بغیر میں خود ہی مر جاؤں گا۔ مرے کو مارنے سے کیا فائدہ"؟

اُلوؤں کے بادشاہ کو اب پھر رحم آیا۔ اُس نے اُلوؤں کو حکم دیا۔ کہ اس کو اپنے غار میں لے چلو۔

چار اُلوؤں نے کارشناس کو اپنے پَروں اُٹھایا۔ اور غار میں جا رکھا۔ وہاں اُس نے بہت آرام سے دِن گزارے۔ بادشاہ خود اس کے لئے خُوراک لاتا۔ اور آپ ہی اُس کو کھلاتا۔ کارشناس خوب موٹا تازہ ہو گیا۔ اور اس کے وُہ نچے ہوئے پر اُگنے شروع ہوئے۔ تو وہ تمام کالا ہو گیا۔ تمام اُلوؤں کو شوق چرایا۔ کہ ہم بھی اپنا رنگ کالا بنائیں۔ سب نے کارشناس سے پُوچھا۔ کہ پروں کے کالا کرنے کی

کیا تدبیر ہے ؟
کارشناس۔ میرا بھی رنگ پہلے سفید تھا۔ لیکن تقدیر سے ایک دن میں آگ کے دھوئیں میں بیٹھا۔ اس سے میرا رنگ کالا اور چمکیلا ہو گیا ٭
سب اُلو۔ ہم کس طرح رنگ کالا کریں ؟
کارشناس ۔ بہت سی لکڑیاں جمع کرو۔ اور غار کے مُنہ پر آگ جلاؤ۔ جب اس کا سیاہ دُھواں اندر پہنچے گا۔ تو تمہارے پر بالکل کالے سیاہ ہو جائیں گے ٭
اُنھوں نے بہت جلدی لکڑیاں جمع کیں۔ اور آگ بھی لا دی۔ اور کہا۔ کہ یہ سب سامان حاضر ہے۔ تم ہی دُھواں کرو ٭
کارشناس ۔ اچھا تم سب غار میں چلے جاؤ ٭
جب وہ سب چلے گئے ۔ تو اُس نے غار کے مُنہ پر لکڑیاں رکھ کر آگ سُلگا دی ٭ دُھواں جو اندر بھرا ۔ تو ان سب کا دم گھُٹ گیا۔ اور وہ غار کے اندر مر گئے ٭ پھر کارشناس اپنے ہم وطنوں میں واپس آیا۔ اور اُن کو یہ خوش خبری سُنائی ۔ اور پُورا پُورا حال بھی بتایا ٭ بادشاہ نے اُس کے آنے کی بہت خوشی کی ۔ اور دُشمنوں کا فکر دُور ہُوا ٭
دُشمن کو کسی حالت میں کمزور اور ناچیز نہیں جاننا چاہیئے ٭

بُرائی کا بدلہ بُرائی

ایک درخت پر کوّوں کے ایک جوڑے نے گھونسلا بنا رکھا تھا۔ اسی درخت کی کھوکل میں ایک کالا سانپ بھی رہتا تھا۔ جو کئی دفعہ کوّوں کے انڈے بچّے کھا چکا تھا۔ ایک دن کا ذکر ہے۔ مادہ انڈے دینے لگی۔ تو اس نے نر سے کہا۔ "میاں اچھا ہو اگر ہم اس درخت کو چھوڑ دیں۔ جب تک یہ کالا ناگ یہاں ہے۔ ہمیں بچّوں کا مُنہ دیکھنا نصیب نہ ہوگا۔ عقل مندوں نے کہا ہے۔ کہ جس گھر میں جھوٹا دوست یا سُست نوکر یا سانپ ہو۔ وہ گھر چھوڑ دینا چاہیئے۔"

نر یہ سُن کر ایک گیدڑ کے پاس گیا۔ جو قریب ہی رہتا تھا۔ اور اس سے کہا۔ کہ "بھائی! ایک سانپ ہمارے نزدیک رہتا ہے۔ وہ ہمارے گھونسلے میں گھُس آتا ہے۔ اور ہمارے انڈے بچّے کھا جاتا ہے۔ کوئی ایسی تدبیر بتاؤ۔ کہ ہم بچ سکیں۔ یا سانپ کو کسی طرح مار دیا جائے۔" گیدڑ نے کہا۔ کہ وہ مارا جا سکتا ہے۔ لیکن عقل مندی سے۔ کوّے نے پُوچھا۔ "بھلا کس طرح؟" گیدڑ بولا۔ "میں تمہیں اس بات کے سمجھانے کے لئے ایک کہانی سُناتا ہوں۔ اُسے ذرا دھیان سے سُنو۔"

ایک بگلا جب بُڑھاپے کے سبب بہت کمزور ہو گیا۔ اور اس میں

اتنی چالاکی اور طاقت نہ رہی۔ کہ وہ مچھلیوں کو پکڑ کر کھا سکے۔ تو ایک دن تالاب کے کنارے پر بیٹھ کر رونے لگا۔ اس کو اس طرح روتے دیکھ کر کلیرک بولا ؛ ماموں ! آج تو نے کھانا نہیں کھایا۔ اور تو روتا ہے۔ اس کا کیا سبب ہے ؟ بگلے نے کہا ؛ تم سچ کہتے ہو۔ مجھے ایک سخت فکر نے غمگین بنا رکھا ہے ۔ میں نے ایک نجومی سے سُنا ہے۔ کہ اب بارہ برس تک مینہ نہیں برسے گا۔ اور یہ تالاب بالکل سُوکھ جائے گا۔ اور اس میں رہنے والے سب جانور مرجائیں گے ۔ چنانچہ تمام چھوٹے تالابوں کے رہنے والے جانور بھاگ کر بڑے تالابوں میں جا رہے ہیں۔ مگر اس تالاب کے رہنے والے بالکل بے خبر ہیں۔ چونکہ میں نے بچپن سے انہی کے ساتھ پرورش پائی ہے۔ میں ان کی غفلت اور بے وقوفی پر رو رہا ہوں ؛؛

جب کلیرک نے بگلے سے یہ باتیں سُنیں۔ تو پریشان ہو کر تالاب کے تمام جانوروں کو یہ خبر سُنائی ۔ سب جانور ڈر گئے۔ اور بگلے کے پاس آکر پُوچھا۔ کہ نجومی کی بات تو ہم نے سمجھ لی۔ اب آخر ہمارے بچنے کا بھی کوئی طریقہ ہے ؟ اس نے کہا۔ کہ ہاں کیوں نہیں۔ یہاں سے تھوڑی دُور پر ایک بڑا تالاب ہے۔ اگر وہاں چلے جاؤ۔ تو اس مصیبت سے بچ جاؤ گے ۔ میں بہت بُوڑھا اور کمزور ہوں لیکن اپنے بھائی بندوں کی خدمت کے لئے ہر طرح حاضر ہوں ۔ تم میں سے

جو کوئی میری پیٹھ پر چڑھ جائے۔ اُسے مَیں اس تالاب میں پہنچا دُوں گا؛ یہ سن کر سارے جانور اس تالاب میں جانے کے لئے تیار ہو گئے۔ ہر ایک یہی کہتا تھا۔ کہ پہلے مجھے لے چلو۔ بگلا باری باری ایک ایک کو پیٹھ پر بٹھا کر لے جاتا۔ اور تالاب سے تھوڑی دُور لے جا کر ایک پتھر پر پٹخ پٹخ کر مارتا اور کھا جاتا۔

ایک دن کلیرک نے کہا۔ کہ "مَیں تیرا پُرانا دوست ہوں۔ آج مجھے بھی لے چل۔ بگلے نے سوچا۔ کہ مچھلیاں کھاتے کھاتے جی اُکتا گیا ہے آج اسے کھاؤں گا۔ غرض کلیرک کو اپنی پیٹھ پر سوار کیا۔ اور چلا۔ تھوڑی دُور جا کر کلیرک نے جنگل میں ہڈیاں پڑی ہوئی دیکھیں۔ تو بگلے سے پُوچھا۔ کہ "اب تالاب کتنی دُور ہے؟" بگلے نے اسے زمین پر اُتار کر کہا۔ کہ تالاب والاب تو یہاں کچھ نہیں۔ اب تو مَیں یہاں تجھے مار کر نوالہ بناؤں گا۔

جب کلیرک نے یہ سُنا۔ تو جھپٹ کر بگلے کی گردن توڑ لی۔ اور وہ گردن لے کر تالاب پر پہنچا۔ جانوروں نے پُوچھا۔ کہ "ماموں بگلا کہاں ہیں؟ ہم ان کی راہ دیکھ رہے ہیں؛ وہ بولا: تم بڑے احمق ہو۔ مجھ سے پہلے جتنے جانور بگلے کی پیٹھ پر چڑھ کر گئے ہیں۔ ان سب کو میاں بگلے بھگت مار کر کھا گئے۔ اب مَیں ان کا سر لے کر آیا ہوں۔

کوّے نے گیدڑ سے یہ کہانی سُن کر کہا "بھائی۔ یہ بات تو ٹھیک ہے۔ مگر سانپ کس طرح مرے گا؟ اس کا مرنا بہت مشکل ہے"گیدڑ نے کہا۔ کہ' راجہ کا بیٹا ہر روز ندی پر نہانے آیا کرتا ہے۔ جب وہ اپنی سونے کی مالا اُتار کر کنارے پر رکھے۔ تو تم جھٹ اُٹھا لینا۔ اور لاکر درخت کی کھوکل میں پھینک دیکھنا۔ پھر دیکھنا کیا ہونا ہے"

کوّا اپنے گھونسلے کی طرف واپس آرہا تھا۔ اس نے دیکھا۔ کہ راجہ کا لڑکا نہا رہا ہے۔ اور مالا کنارے پر پڑی ہے۔ وہ اُڑا۔ اور مالا اُٹھالی۔ اور لاکر درخت کی کھوکل میں جہاں سانپ رہتا تھا۔ ڈال دی۔

راجہ کے سپاہی مالا کی تلاش میں کوّے کے پیچھے آرہے تھے۔ جب انہوں نے دیکھا۔ کہ کوّے نے درخت کے نیچے مالا پھینک دی ہے۔ تو وہ درخت کی جڑ کی طرف گئے۔ دیکھا تو سانپ نظر آیا۔ اُنہوں نے سانپ کو فوراً مار ڈالا۔ اور کوّا اور اس کی مادہ دونوں اپنے بچوں کے ساتھ آرام سے رہنے لگے۔

اس کہانی سے دو باتیں نکلتی ہیں۔ ایک یہ کہ بُرائی کا بدلہ بُرا ہی ہے۔ دُوسرے یہ کہ ہر ایک کام کو عقل مندی سے پُورا کرنا چاہیئے۔

سچّی دوستی

کسی ہرے بھرے جنگل میں ایک کوّا رہتا تھا۔ ایک دِن وہ پیڑ پر بیٹھا ہُوا اِدھر اُدھر دیکھ رہا تھا۔ کہ اتنے میں ایک چڑی مار گردن پر جال رکھے۔ ہاتھ میں تیر کمان لئے وہاں آیا۔ کوّا گھبرایا۔ کہ کہیں میرا ہی نشانہ نہ بنائے۔ جھٹ پتّوں میں چُھپ کے بیٹھ رہا۔ چڑی مار نے اس درخت کے نیچے جال لگایا۔ اور خود ایک طرف آڑ میں چُھپ گیا۔

کوّا بیٹھا سوچ رہا تھا۔ کہ دیکھئے۔ آج کون شکار بنتا ہے۔ اتنے میں کبوتروں کا ایک غول ادھر سے گزرا۔ اور وہاں اُترنا چاہا۔ ان میں سے ایک کبوتر اُن کا سردار تھا۔ اُس نے اپنے ساتھیوں سے کہا۔ کہ اُترتے تو ہو۔ پر بے سمجھے بُوجھے دانہ پر مُنہ نہ ڈالنا۔ ممکن ہے کہ کوئی فریب ہو۔ مگر اُنھوں نے نہ مانا۔ اور سب کے سب ہی اُتر پڑے۔ اور دانے پر مُنہ مارتے ہی جال میں پھنس گئے۔

ہر ایک پھڑ پھڑانے اور پر مارنے لگا۔ لیکن جال میں سے چھُوٹنا آسان نہ تھا۔ ان کے سردار نے کہا۔ کہ" دوستو اگر ہر ایک اپنے اپنے بچنے کی الگ الگ فکر کرے گا۔ تو ایک بھی نہیں بچے گا سب

کے سب ایک ساتھ مل کر زور لگاؤ۔ اور جال لے کے اُڑ جاؤ"۔

تمام کبوتروں نے ایسا ہی کیا۔ اور مل کر زور لگانا شروع کیا۔ دو ایک ایسے زور کے جھٹکے لگائے۔ کہ جال اُکھڑ گیا۔ اور یہ اسے لے کر اُڑے۔ چڑی مار بے چارہ ہکا بکا مُنہ دیکھتا رہ گیا۔ دل میں کہنے لگا۔ کہ کسی اچھے کا مُنہ دیکھ کر گھر سے چلے تھے۔ کہ کبوتر ملنے تو علیحدہ رہے۔ جال سے بھی ہاتھ دھو بیٹھے۔ کبوتروں کے ساتھ ساتھ یہ بھی بھاگا۔ مگر اِس کا اُن کا کیا جوڑ۔ تھوڑی دُور تک دوڑ کر دم پھول گیا۔ اور نا اُمید ہو واپس لوٹا۔

جب کبوتر اُڑے۔ تو کوّا جو درخت پر بیٹھا تھا۔ وہ بھی ان کے پیچھے پیچھے ہولیا۔ کہ دیکھئے ان کا کیا انجام ہوتا ہے۔

جب کبوتروں کو چڑی مار کا کھٹکا نہ رہا۔ تو انہوں نے اپنے سردار سے کہا۔ کہ "اب اس جال سے کس طرح نکلیں؟" سردار بولا۔ "کہ اس ساتھ کے جنگل میں ایک چوہا میرا دوست ہے۔ وہاں چلو۔ وہ ضرور ہماری مدد کرے گا"۔ سب کے سب وہاں پہنچے۔ سردار نے چوہے کو آواز دی۔ وہ فوراً باہر آیا۔ اپنے دوستوں کو مصیبت میں پھنسا دیکھ گھبرا گیا۔ اور جھٹ پٹ اپنے تیز دانتوں سے اس مضبوط جال کو کُترنا شروع کیا۔ پھر دم بھر میں اپنے دوستوں کو مصیبت سے چھڑا کر پھر اپنے بل میں گھس گیا۔ اور کبوتر اپنے گھونسلوں کی

طرف اُڑ گئے ۔

کوا یہ سب حال دیکھ رہا تھا۔ سوچنے لگا۔ شاید میں بھی کبھی اسی طرح جال میں پھنس جاؤں۔ تو کون میری مدد کرے گا۔ لاؤ چوہے سے میں بھی دوستی کر لوں۔ یہ سوچ کر آہستہ آہستہ اس چوہے کے بل کے پاس آیا۔ اور اس چوہے کو پکارا۔ اُس نے کوّے کی آواز پہچان کر کہا۔ "تجھ کو مجھ سے کیا کام؟ میرے پاس کیوں آیا ہے؟" کوّے نے کہا۔ کہ "جو دوستانہ سلوک تو نے آج کبوتروں سے کیا وہ میں نے بھی چھپ کر دیکھا۔ میں چاہتا ہوں۔ کہ تو مجھے بھی اپنا دوست بنالے۔" چوہے نے کہا۔ کہ "تو چاہتا ہے۔ کہ اس بہانے سے میرا ناشتا بنائے۔ میں تیری باتوں میں نہ آؤں گا۔" آخر جب کوّے نے قسمیں کھا کھا کر کہا۔ کہ میرے دل میں بالکل دغا نہیں۔ اور میں تیرا غلام ہوں۔ تو چوہا بل سے نکل آیا۔ دونوں آپس میں ملے۔ اور کوا چوہے کا دوست بن کر ایک قریب کے پیڑ پر رہنے لگا۔

ایک دن کوّے نے ذکر کیا۔ کہ میرا ایک اَور وفادار دوست کچھوا ہے۔ جی چاہتا ہے۔ کہ اُس سے ملوں۔ چوہے نے کہا۔ کہ "اپنے دوست کچھوے کو بھی یہاں لے آؤ۔ ہم سب اکھٹے مل کر رہا کریں گے۔" کوّے نے کہا۔ "لے تو آؤں۔ لیکن وہ پانی کے پاس رہنا پسند کرتا ہے۔ اور یہاں پانی دُور تک نہیں۔ اس بے چارے کے لئے دُور آنا

جانا بہت مشکل ہے۔ بہتر ہو۔ کہ تم بھی وہیں چلو۔ وہاں کسی طرح کا کھٹکا نہیں۔ وہیں چل کر رہیں۔ تو بہت آرام ملے گا۔" چوہا راضی ہو گیا چنانچہ کوّا چوہے کی دُم پکڑ کر اُڑا۔ اور ندی پار پہنچ کر اُسے آہستہ سے زمین پر رکھ دیا۔ اور کچھوے کو پُکارا۔ وہ پانی سے باہر آیا۔ اور مدت کے بعد اپنے دوست کو دیکھ کر بہت خوش ہوا۔ چوہے سے بھی ملاقات ہوئی۔ اتنے ہی میں ایک ہرن بھاگا ہُوا آیا۔ تینوں دوست سمجھے۔ کہ شاید کوئی شکاری اس کے پیچھے ہے۔ یہ سوچ کر کوّا اُڑ کر درخت پر جا بیٹھا۔ چوہا ایک قریب کے بِل میں گُھس گیا۔ اور کچھوا پانی میں کُود پڑا۔ کوّے نے اِدھر اُدھر دیکھا۔ جب کوئی شکاری نظر نہ آیا۔ تو چوہے اور کچھوے سے کہا۔ کہ دوست اب کوئی کھٹکا نہیں۔ بے فِکر باہر نکل آؤ۔ چنانچہ وہ نکل آئے۔ اور ہرن کو بُلا کر تینوں اس کا حال دریافت کرنے لگے۔

ہرن نے کہا۔ کہ مَیں اس جنگل میں اکیلا رہا کرتا تھا۔ آج ایک بُڈھا شکاری میری تاک میں لگا ہے۔ جدھر مَیں جاتا ہُوں۔ وہ بھی جاتا ہے مجبوراً مَیں بھاگ کر ادھر چلا آیا۔ کچھوے نے کہا۔" اب تم چَین سے یہاں رہا کرو۔ ہم تُمہیں اپنا دوست سمجھیں گے۔ اور ہر ایک مصیبت سے بچائیں گے۔" غرض ہرن بھی اُن کے ساتھ رہنے لگا۔

ایک دِن کوّا۔ چوہا۔ کچھوا۔ اپنی ملاقات کی جگہ جمع ہوئے۔ تو دیکھا

کہ ہرن نہیں ہے، یہ گھبرائے۔ کہ کسی نے اُسے پکڑ لیا، کوّا اُڑا۔ اور ذرا سی دیر میں واپس آ کر کہا۔ کہ ہرن جال میں پھنس گیا ہے، کچھوے نے کہا۔ کہ چلو اس کی مدد کو چلیں، غرض یہ تینوں دوست ہرن کے پاس پہنچے، ہرن نے کچھوے سے کہا "تم ناحق آئے۔ اگر شکاری آ گیا۔ اور اس کے آنے تک چوہے نے میرا جال کاٹ دیا۔ تو میں تو دو چھلانگیں مار کر نکل جاؤں گا۔ کوّا اُڑ جائے گا۔ چوہا کسی بِل میں جا گھسے گا۔ تم کیا کرو گے"؟

یہ باتیں ہو ہی رہی تھیں۔ کہ شکاری آ گیا، چوہا جال کاٹ چکا تھا۔ ہرن بھاگ گیا۔ کوّا اُڑ گیا۔ چوہا بِل میں چلا گیا۔ کچھوا بے چارہ رہ گیا، شکاری نے آ کر دیکھا۔ کہ ایک کچھوا رینگ رہا ہے، سوچا۔ خالی جانے سے تو اچھا ہے۔ کہ اس کچھوے کو ہی لے چلو، یہ کہہ کر اسے جھولی میں ڈال چل دیا، ہرن نے کوّے سے کہا۔ کہ یار جس طرح بن پڑے۔ دوست کو چھڑانا چاہئے، چوہے نے ہرن سے کہا میری صلاح یہ ہے۔ کہ تم لنگڑاتے ہوئے شکاری کے آگے چلو۔ کوّا تمہاری پیٹھ پر بیٹھ جائے گا۔ جب شکاری تمہیں لنگڑاتا دیکھے گا۔ تو جھولی زمین پر رکھ کے تمہارے پیچھے جائے گا۔ میں اتنے میں جھولی کتر دوں گا۔

ہرن نے اسی طرح کیا۔ وہ شکاری کے آگے لنگڑاتا ہوا چلا۔ اور کوّا اُس کی پیٹھ پر بیٹھ گیا، شکاری جھولی زمین پر رکھ ہرن کے پیچھے

ہولیا۔ چوہے نے جھولی کتر دی۔ اور کچھوا اس میں سے نکل بھاگا۔ جب شکاری ہرن کا پیچھا کرتے کرتے تھک گیا۔ تو مایوس ہو کر واپس آگیا۔ دیکھتا ہے۔ تو جھولی کٹی ہوئی۔ اسے بہت تعجب ہؤا۔ اور وہ سمجھا۔ کہ یہاں کوئی جن بھوت رہتا ہے۔ یہ سوچ کر وہ اس جنگل سے ایسا بھاگا۔ کہ پھر پیچھے پھر کر بھی نہ دیکھا۔

اس دن کے بعد یہ چاروں دوست اور اس جنگل کے تمام جانور چین سے رہنے لگے۔ بھوتوں کے خیال سے کوئی شکاری انہیں ستانے نہیں آتا تھا۔

پیاسا کوّا

ایک کوّے کو بہت زور کی پیاس لگی۔ جنگل میں اِدھر اُدھر پانی کی تلاش میں اُڑتا پھرا۔ پر کہیں بوند بھر پانی نہ ملا۔ پیاس سے بے چین ہو کر وہ ایک گھر کے صحن میں جا اُترا۔ وہاں پانی کی ایک صراحی رکھی تھی۔ یہ جھٹ اُسے جا لپٹا۔ پر جھانکا۔ تو پانی اتنا نیچے نظر پڑا۔ کہ چونچ اس پانی تک پہنچنی مشکل تھی۔ اب کوّا سوچنے لگا۔ کہ میں کیا کروں۔ آخر اُس نے یہ ترکیب نکالی۔ کہ اِدھر اُدھر سے کچھ کنکر

اُٹھا اُٹھا کر اس صراحی میں ڈالنے شروع کئے۔ جب صراحی میں بہت سے کنکر پتھر پڑ گئے۔ تو پانی صراحی کی گردن تک چڑھ آیا۔ اس وقت کوّے نے خُوب پانی پیا۔ اور تازہ دم ہو کر اپنے گھر کو اُڑ گیا۔

عقل سے کام لینے والے کبھی تکلیف نہیں اُٹھاتے۔ وہ اپنے آرام کی کوئی نہ کوئی اچھی ترکیب نکال ہی لیتے ہیں۔

گیدڑ اور کوّے کا مقدمہ

ایک مُرغ اور کوّا اور تیتر اور کبوتر چاروں بڑے دوست تھے۔ سب مل کر بیٹھتے اور کھاتے پیتے تھے۔ ایک روز یہ چاروں بیٹھے باتیں کر رہے تھے۔ کہ ایک گیدڑ آیا۔ اور ان چھوٹے پرندوں کو دیکھ کر بڑا خوش ہوُا۔ کہ ان کو خُوب مزے سے کھاؤں گا۔ مگر پھر یہ خیال آیا۔ کہ اگر میں ان کے پاس چلا گیا۔ تو یہ سب اُڑ جائیں گے۔ اور میرا شکار مُفت ہاتھ سے چلا جائے گا۔ میں کسی طرح ان کا دوست بن جاؤں۔ تو اچھا ہو۔

یہ سوچ کر وہ ان کے پاس گیا۔ وہ بے چارے اُس سے ڈرنے لگے۔ اور اُڑنا ہی چاہتے تھے۔ کہ گیدڑ نے کہا "بھائی تم مجھ سے

ڈرو نہیں۔ بلکہ مجھ کو بھی اپنا دوست بنا لو"۔

کوتے نے کہا "جی نہیں۔ ہم چاروں ہی ٹھیک ہیں۔ آپ ہم سے نہ ملیں۔ اگر کسی وقت کوئی مصیبت بھی آن پڑے گی۔ تو ہم تینوں تو اُڑ جائیں گے۔ اور مُرغا بھی کسی درخت پر جا بیٹھے گا۔ مگر آپ کیا کریں گے"؟

گیدڑ نے کہا "بھائی آپ اس کی کچھ فکر نہ کریں"۔

تیتر اور کبوتر تھے ناسمجھ۔ کہنے لگے "اگر ہم پانچ ہو جائیں۔ تو کیا بُرائی ہے"۔ کوا بھی راضی ہو گیا۔

پھر گیدڑ نے کہا "ہمارا تو یہ دستور ہے۔ کہ جس کو ہم اپنا دوست بناتے ہیں۔ اُسے اپنے گھر لے جایا کرتے ہیں"۔ کوتے نے کہا۔ کہ "نہیں۔ بس آپ مہربانی رکھیں"۔

گیدڑ نے کہا "نہیں بھئی۔ ہمارے گھر تمہیں ضرور چلنا ہو گا"۔

جب گیدڑ نے بہت مجبور کیا۔ تو مجبوراً کوا اپنے ساتھیوں سمیت گیدڑ کے ساتھ چلا۔ جس وقت غار کے پاس پہنچا۔ تو گیدڑ نے کہا "اس کے اندر چلو"۔

جب سارے اندر چلے گئے۔ تو گیدڑ غار کے مُنہ پر بیٹھ گیا۔ اور مُرغے سے کہنے لگا "کیوں میاں مُرغے۔ تم روز صبح سویرے کس طرح ککڑوں کوں کر کے سارے بچارے آرام سے سوئے

ہُوؤں کو جگانے اور تکلیف دیا کرتے ہو"؟

پھر کوّے سے کہا "کیوں بھائی کالے کوّے۔ یہ کیا بات ہے۔ کہ کائیں کائیں کرتا اِدھر سے آیا۔ تو صابن اُٹھالے گیا۔ کہ ماں کے کپڑے دھونے ہیں۔ اُدھر سے آیا۔ دیا سلائی لے گیا۔ کہ آگ جلا کر روٹی پکانی ہے"؟

پھر کبوتر سے کہا "کیوں بے کبوتر۔ تو بھی تو مسجدوں کے میناروں پر بیٹھیں کیا کرتا ہے۔ جیسے کسی کا پالتو ہے"؟

پھر تیتر سے کہا "کیوں رے تیتر۔ کس طرح کہا کرتا ہے۔ کہ سُبحان تیری قُدرت؟ واہ میاں تیترے۔ چھوٹا مُنہ۔ بڑی بات! آج میں سب کی خبر لیتا ہُوں"۔

اس پر سب نے بہت عاجزی سے کہا۔ جی نہیں۔ یہ سب باتیں لوگوں نے ہم پر جھوٹی جوڑ لی ہیں۔ آپ ایک بات پر بھی یقین نہ کریں۔ گیدڑ نے کہا۔ واہ میں کس طرح مانوں؟ تم اپنے گواہ لاؤ۔ کوّے نے کہا۔ کہ اچھا ہم اپنے چار گواہ لے کر ابھی واپس آتے ہیں۔ یہ کہتے ہی کوّا اپنے ساتھیوں سمیت غار سے نکل گیا۔ رستے میں تیتر اور کبوتر نے کہا۔ کہ اب ہم کون سے گواہ لے کر جائیں؟ کوّے نے کہا۔ کہ واہ تم بھی عجب بے وقوف ہو۔ پہلے کہا۔ کہ اس کو اپنا دوست بنائیں۔ پھر اس کے گھر چل دیئے۔ اور اب مشکل سے جان

چھڑائی۔ تو اب گواہ لے جاؤ ۔

اتنے میں دو آدمی آتے ملے۔ وہ کہہ رہے تھے۔ کہ آج کوئی شکار کریں۔ کوّے نے کہا۔ تم میرے ساتھ چلو۔ تُم کو ایک بڑا موٹا تازہ گیدڑ بتاؤں۔ مگر تم کسی جھاڑی کے نیچے چُھپ جانا۔ اور جس وقت مَیں کائیں کروں۔ تم فوراً کُتے چھوڑ دینا ۔

کوّا آدمیوں کو ساتھ لے کر غار کی طرف آیا۔ آدمی جھاڑی کے نیچے چُھپ گئے۔ اور کوّا غار کے پاس آکر کہنے لگا۔ کہ آئیے جناب! گواہ حاضر ہیں۔ گیدڑ باہر آیا۔ اور بولا۔ کہ کہاں ہیں گواہ ؟

کوّے نے جُوں ہی کائیں کی آواز مُنہ سے نکالی۔ سارے کُتے گیدڑ کو لپٹ گئے۔ اور اس کو اَدھ مُوا کر دیا۔ جس وقت گیدڑ کی باچھیں اوپر چڑھیں تو ایسا معلوم ہوتا تھا۔ کہ ہنس رہا ہے۔ کوّے نے کہا۔ کہ "حضُور۔ ایسا نہ ہو۔ کہ ہنسی میں مقدمہ بگاڑ دیں"۔

اتنے میں کُتوں نے گیدڑ کو چیر پھاڑ برابر کیا۔ اور کوّا اپنے ساتھیوں سمیت چلا گیا ۔

یہ تو کوّا ہے!

کوّا بڑا سیانا جانور ہے، چھوٹے بچّوں سے تو یہ بالکل نہیں ڈرتا، اُن کے ہاتھ سے زبردستی روٹی چھین کر لے جاتا ہے۔ اور ننھے بچّے دیکھتے رہ جاتے ہیں، فاختہ۔ چڑیا وغیرہ جانوروں کے انڈے بچّے بھی کھا لیتا ہے۔ غرض بڑا چوکنّا اور چالاک پرندہ ہے۔

ایک دن کوّے میاں کے دل میں لہر اُٹھی۔ کہ شہر کو چھوڑ کر کسی باغ کی ہوا کھانی چاہیئے۔ مگر باغ میں کوّے کا کیا کام۔ وہاں تو بُلبُل طوطے۔ تلیر۔ ہریل۔ فاختہ وغیرہ رنگیلے اور خُوب صُورت جانور ہوتے ہیں۔ اس کالے کلوٹے کوّے کو وہاں کون رہنے دیتا۔

کوّا تھا تو سیانا ہی۔ سمجھ گیا۔ کہ ان کالے پروں سے باغ میں جانا ٹھیک نہیں۔ وہاں دال نہ گلے گی۔ آپ ایک دِن اس جنگل میں پہنچے جہاں مور رہا کرتے تھے۔ وہاں جھاڑیوں میں سے مور کی دُم کے جھڑے ہوئے پَر اُٹھا کر اپنی کمر پر چپکا لئے۔

مور کے سوا جس جانور کا کوئی خُوب صُورت پَر جنگل میں پڑا پایا۔ وہ بھی کوّے نے اُٹھا کر اپنے پَروں میں لگا لیا۔ اب کیا تھا۔ کالا کلوٹا کوّا ایک نہایت رنگیلا اور خُوب صُورت پرندہ بن گیا۔ اور پانی میں اپنی

شکل دیکھ کر بہت خوش ہُوا۔ اور اسی وقت ایک ہرے بھرے باغ میں جا پہنچا ٭

باغ کے سب پرندے اُسے دیکھ کر حیران ہو گئے۔ اور آپس میں کہنے لگے۔ کہ یہ رنگیلا جانور کسی دُوسرے مُلک سے آیا ہے۔ ہمیں اس کی عزّت اور خاطر کرنی چاہئے ٭ سب پرندے اُسے اپنا سردار سمجھ کر دن رات اُس کی خدمت میں رہنے لگے ٭

کوّے میاں بولتے نہیں تھے۔ کیونکہ اُنہیں ڈر تھا۔ کہ میری کائیں کائیں سے بھانڈا پھوٹ جائے گا ٭ باغ کے جانور بھی سمجھتے تھے۔ کہ یہ کوئی بڑا شریف اور کم بولنے والا جانور ہے ٭

آخر کب تک؟ ایک دن باغ کے سب جانور تو کہیں اِدھر اُدھر درختوں میں چلے گئے۔ کوّے نے سمجھا۔ کہ اب میں اکیلا ہوں۔ بہت دِنوں سے بولا نہیں۔ اب خوب زور سے چلّا کر آواز نکالوں ٭ یہ سوچ کر کوّے نے کائیں کائیں شروع کی۔ تو باغ کے سب پرند آواز سن کر اکٹھے ہو گئے۔ اور کہنے لگے۔ کہ واہ یہ تو کوّا ہے! اس نے بھیس بدل کر ہمیں بڑا دھوکا دیا ٭

اب کیا تھا۔ باغ کے سب پرندے ایک دم کوّے کو لپٹ گئے۔ اور تمام رنگیلے پروں کو ایک ایک کر کے اُکھیڑ کر پھینک دیا۔ بلکہ اس کے اصلی پروں کو بھی نوچنا شروع کر دیا ٭ اب تو کوّا بہت گھبرایا

اور گرتا پڑتا اپنی جان بچا کر باغ سے باہر آیا۔

دھوکا دینا بُری بات ہے۔اس کا نتیجہ شرمندگی اور بدنامی کے سوا کچھ نہیں ہوتا۔

ناشکرا اور بدنیت کوّا

ایک باغیچے میں نیم کے درخت پر کوّے نے گھونسلا بنا رکھا تھا۔اور امرود کے گھنے پیڑ پر بی فاختہ نے انڈے دے رکھے تھے۔ایک دن خدا کا کرنا کیا ہوا۔کہ سارا دن مینہ برستا رہا۔اور شام ہوگئی۔مینہ کہے کہ آج برس کر پھر نہ برسوں گا۔ایسے موسلا دھار مینہ میں پرند جانور تو بالکل بھوکے بیٹھے رہتے ہیں۔کوّے کو بھی سارا دن بھوکے بیٹھے ہی گزر گیا۔پیٹ میں چوہے قلا بازیاں کھانے لگے۔

تم نے بہت دفعہ دیکھا ہوگا۔کہ مینہ کے تھمتے ہی سب سے پہلے کوّا نکلتا ہے۔کہیں سے دانہ دُنکا گری پڑی ہڈی۔مرا گرا جانور لاتا ہے۔اور اپنا پیٹ بھر لیتا ہے۔یا کسی گھر کی مُنڈیر پر فُرصت سے بیٹھ کر گردن ٹیڑھی کر کر کے ترچھی آنکھوں سے تکتا ہے۔کہ کہیں باورچی خانے میں گوشت نظر پڑ جائے۔یا چھینکے پر بچی بچائی سالن کی رکابی رکھی دکھائی

دے جائے۔ تو جھٹ پٹ سالن چونچ میں بھر کر دیوار پر بیٹھ کر کھائے۔ اور ساتھ ہی دُم ہلا ہلا کر کائیں کائیں کرتا جائے۔ جیسے کوئی کہتا ہے۔ کہ اب کیا ہوتا ہے۔ ہم تو لا کر کھا بھی گئے۔ تم چیخا کرو۔ پر آج وہی کوّا بے بس بنا بیٹھا ہے ۞

آخر جب بھوک نے بہت ستایا۔ تو سوچتے سوچتے کوّے کو فاختہ کے انڈے یاد آئے ۞

فاختہ غریب نے امرود کے پیڑ پر انڈے دے رکھے تھے۔ تم نے اکثر سنا ہوگا۔ کہ کوّا فاختہ کے انڈوں کے نام کا دشمن ہے بس اس کو انڈوں کا خیال آنا تھا۔ کہ بھیگے ہوئے پروں سے مشکل سے پھُر پھُر کرتا ہُوا امرود پر آ پہنچا۔ اور شاخ پر بیٹھ گیا۔ تھوڑی دیر میں پھُدک کر دوسری شاخ پر جا بیٹھا۔ پھر اور چھلانگ مار کر فاختہ کے گھونسلے کے سامنے سر نیچا کئے دُم دبائے پروں کو ڈھیلا چھوڑے بیٹھا رہا۔ جیسے یہ غریب سا کوّا جان سے بیزار۔ دُنیا سے تنگ۔ زندگی سے عاجز ہے ۞

بی فاختہ نے جو کوّے کی پرچھائیں سی دیکھی۔ تو گھبرا کر سر اونچا کر کے گردن اِدھر اُدھر پھرا کر دونوں آنکھوں سے اچھی طرح تاڑ لیا۔ کہ آج کوّا بے روک ٹوک میرے گھونسلے کے سامنے آن بیٹھا ہے۔ خدا خیر کرے۔ نیّت اچھی ہو ۞

فاختہ بے چاری ڈر کے مارے سہمی ہوئی تھی۔ کہ اتنے میں خود ہی

کوّا بولا۔ بُوا فاختہ۔ اگر تم کہو۔ تو تمہارے امرود کے درخت پر رات کو مَیں بسیرا لے لوں؟ تم دیکھتی ہو۔ کہ نہیں کیسا پٹ جھڑ ہو رہا ہے کہیں نام کو پانی کی بُوند نہیں رُکتی۔ فاختہ نے دل میں کہا۔ کہ یہ ہر طرح امرود پر ہی رہے گا۔ لاؤ مَیں ہی کہہ دُوں۔ فاختہ بولیں۔ بھائی کوّے شوق سے رہو۔ تمہارا گھر ہے۔ سارا پیڑ پڑا ہے۔ مَیں تو ایک کونے میں اپنے گھر میں بیٹھی ہوں۔ صبح کو تم چلے ہی جاؤ گے۔ رات بسیرا کر لو۔

کوّے نے سُنا۔ اور خوش ہو کر دو تین دفعہ اپنے پروں کو ہلا۔ دُم کو اُونچا نیچا کیا۔ گردن کو سُکیڑ کر بازوؤں میں کر لیا۔ چونچ پوٹے پر رکھ کر آنکھیں بند کر لیں۔ بس جیسے کہ سو گیا۔ پر نیند کہاں۔ تھوڑی دیر گزری تو پھر سوچ کر بولا۔ سُنتی ہو بی فاختہ۔ یہاں بھی مینہ پیچھا نہیں چھوڑتا۔ پانی سے بھیگتے ہوئے یہ وقت آیا۔ تھر تھری چڑھ رہی ہے۔ تمہارے گھونسلے پر تو خاصا پتّوں کا سائبان ہے۔ کہو تو اُس میں سُکڑ کر مَیں بھی بیٹھ جاؤں۔

بیچاری بھولی بھالی فاختہ کو شریر کوّے پر ترس آ گیا۔ جھٹ بولی۔ ہاں بھائی کوّے آ جاؤ۔ وقت پر ہی کوئی کسی کے کام نہ آیا۔ تو کون یاد کرے گا۔ مَیں تو ایک طرف کو ہوں۔ آؤ تم سامنے یہیں پتّوں کے جُھرمٹ کے نیچے بسیرا کر لو۔

میاں کوّے خوشی خوشی پُھدکتے ہوئے گھونسلے ہی میں آ پہنچے۔

تھوڑی دیر تک دونوں پاس بیٹھے ہوئے آنکھیں بند کئے مینہ کی آواز سُنتے رہے ۔ بچاری فاختہ تو سو گئی ۔ پر بد نیت کوّا کب سوتا تھا۔ وہ جاگتا ہی رہا ۔ جب کوّے نے دیکھا۔ کہ فاختہ سو چلی ہے۔ اور انڈا دکھائی دے رہا ہے ۔ جھٹ کوّے نے ایک انڈا اُٹھا کر اور پیٹھ موڑ کر اس کو کھٹکنا شروع کیا ۔

فاختہ پہلے ہی دھڑکے میں بیٹھی تھی ۔ کھٹاکے کی آواز سنی تو چونک کر بولی ۔ بھائی کوّے کیا کھاتے ہو ؟ کوّا بولا ۔ بُوا فاختہ کچھ بھی نہیں ۔ ایک سُوکھا روٹی کا ٹکڑا مل گیا ہے ۔ وہی کھا رہا ہُوں ۔ بھولی فاختہ سچ سمجھی ۔ کوّے نے انڈا پی کر چھلکا وہیں رکھ دیا ۔ پھر دُوسرا انڈا اُٹھا کر کھٹکنا شروع کیا ۔ فاختہ نے پھر پُوچھا ۔ بھائی کوّے اب کیا کھا رہے ہو ؟ کوّے نے کہا ۔ وہی پہلا ٹکڑا ہے ۔ سُوکھا ہُوا بہت ہے ختم نہیں ہوتا ۔ فاختہ چُپ ہوگئی ۔ اتنے میں صبح ہوئی ۔ اور ناشکرا احسان فراموش کوّا پُھر سے اُڑ گیا ۔

فاختہ جو انڈوں کو دیکھے ۔ تو خالی چھلکے پڑے ہیں ۔ بیچاری رو دھو کر کوّے کی جان پر صبر کر کے رہ گئی ۔ دُوسرے ہی دِن فاختہ نے سُنا ۔ کہ کوّا کہیں منڈیر پر جا کے بیٹھا تھا ۔ کہ کسی نے ایسا غلّہ مارا ۔ کہ بازُو ٹوٹ گیا ۔

ستانے اور احسان نہ ماننے کی عادت ایسی بُری ہوتی ہے ۔ کہ

اس کے سبب نقصان اُٹھانا پڑتا ہے ۔

شیخی باز کوّا

ایک راجہ کے باغ میں بہت سے مور رہتے تھے ۔ وہ راجہ کے محل کے سامنے اپنی خوب صورت پونچھ پھیلائے اِدھر اُدھر پھرا کرتے تھے ۔ راجہ اور اُس کے لڑکے بالے موروں کو دیکھ کر بہت خوش ہوتے تھے ۔ اور روز اُن کو اپنے ہاتھ سے روٹی کھلاتے تھے ۔

اس باغ کے ایک کونے میں کوّے بھی رہتے تھے ۔ روٹی کے لالچ سے وہ بھی محل کے آگے آ بیٹھا کرتے ۔ لیکن راجہ کے نوکر انہیں اُڑا دیا کرتے تھے ۔ ان میں ایک کوّا موروں کو دیکھ کر بہت جلتا تھا ۔ وہ روز یہ سوچا کرتا ۔ کہ میرے بھی ایسے پَر ہوتے ۔ تو مجھے بھی لوگ خوشی سے روٹی کھلاتے ۔

یہ سوچ کر وہ کوّا موروں کے پر اکھٹے کرنے لگا ۔ جو پَر گِرا پڑا پاتا ۔ اُٹھا کر ایک جگہ رکھ دیتا ۔ تھوڑے دِنوں میں اس کے پاس بہت سے پَر اکھٹے ہوگئے ۔ ایک دن اس کوّے نے اِن پروں کو اپنے پروں میں اٹکا لیا ۔ اور موروں کی صورت بنا موروں میں جا کر ٹہلنے اور

راجہ کے محل کے سامنے ناچنے لگا ۔

تھوڑے دِنوں میں اُسے اتنا گھمنڈ ہو گیا۔ کہ اُس نے اَور کوّوں کے پاس جانا اور بیٹھنا چھوڑ دیا۔ اور ان سے کہہ دیا۔ مَیں خُوبصورت مور ہُوں۔ اور تُم کالے کوّے تُم میرے پاس مت آیا کرو ۔

جب راجہ اور اس کے لڑکے موروں کو روٹی ڈالنے آئے۔ تو وہ کوّا جھُوٹے پَر لگائے مٹکتا مٹکتا روٹی کھانے آیا ۔ اس بے وقوف کوّے کو دیکھ کر راجہ کے لڑکے ہنسنے لگے۔ کہ یہ کوّا بھی پر لگا کر اپنے آپ کو مور سمجھنے لگا ہے۔ اسے یہاں سے نکالو ۔

راجہ کے نوکروں نے ڈھیلے مار کر اُسے اُڑا دیا۔ اور موروں نے بھی خُوب چونچیں ماریں۔ اور اس کے جھُوٹے پروں کو نوچ نوچ کر گرا دیا ۔ آخر وہ بے وقوف کوّا خُوب بے عزّت ہو کر اپنی برادری ہی میں گیا۔ مگر وہاں کالے بھائیوں نے بھی اُسے نہ ٹھیرنے دیا۔ اور کہا۔ کہ آپ تو اپنے آپ کو مور بناتے تھے۔ اب یہاں کیوں تشریف لائے ہیں ؛ وہیں جائیے۔ یہاں آپ کا کچھ کام نہیں ۔

دُنیا میں جھُوٹی نقل کرنے والوں کا یہی حال ہوتا ہے۔ جو اس شیخی باز کوّے کا ہُوا ۔

کوّے اور ہوائی چکّی

ایک ہوائی چکّی تھی، وہ ہر روز ہوا سے چلتی۔ اور خُوب زور زور سے چکّر کھایا کرتی تھی، وہ کسی کو کچھ تکلیف نہیں دیتی تھی۔ یہ اَور بات ہے۔ کہ کوئی اس کے لمبے لمبے پنکھوں میں جا پھنستا اور مارا جاتا۔ ورنہ وہ بے چاری یوں کسی کو کچھ تکلیف نہ دیتی تھی، بے شک وہ ہوا سے چلتی تھی۔ لیکن اس کے چلنے سے ہوا خراب نہیں ہوتی تھی۔ ہوا جیسی تھی۔ ویسی ہی رہتی تھی۔ لیکن اس کے پڑوس میں کچھ کوّے رہتے تھے۔ اُنہیں اس بے گناہ چکّی سے ناحق کا بَیر ہو گیا، وہ کہتے تھے کہ یہ ہو نہیں سکتا۔ کہ اس میں کُچھ خرابی نہ ہو۔ اس کے لمبے لمبے بازُو جو سب کے سب دن بھر چکّر کھاتے ہیں۔ شر سے خالی نہیں، آخر یہ مُناسب سمجھا گیا۔ کہ آس پاس دُور نزدیک گاؤں گوٹ میں جتنے بھی کوّے ہیں۔ سب کو نوٹس دے کر بُلائیں۔ اور ایک عام جلسہ کیا جائے، پھر اس بات پر غور کیا جائے۔ کہ اس خوفناک چیز سے چھُٹکارا پانے کی کوئی تدبیر نکل سکتی ہے یا نہیں؟

چنانچہ نوٹس جاری کیا گیا۔ اور دھانوں کے ایک کھیت میں کوّوں کا بہت بھاری جلسہ منعقد ہوُا۔ اس قدر بڑا۔ کہ جہاں تک نظر جاتی

تھی تمام جنگل سیاہ نظر آتا تھا۔ ان سب کوّوں نے اتفاق رائے سے اپنا ایک پریزیڈنٹ مقرر کیا۔ اور ایک بیری کی چھوٹی سی جھاڑی پریزیڈنٹ کی کُرسی قرار پائی۔ جب پریزیڈنٹ پھُر سے اُڑ کر بیری کی ٹہنی پر جا بیٹھا تو تمام حاضرین جلسہ نے چیئرز دینے کے لئے اس شدت سے کائیں کائیں کا غُل مچایا۔ کہ تمام جنگل شور سے گُونج اُٹھا۔

جس طرح جلسوں میں مختلف رائیں ہُوا کرتی ہیں۔ اسی طرح کوّوں کی تجویزوں کا حال ہُوا۔ اصل سوال یہ تھا۔ کہ ہوائی چکّی کے باب میں کس قِسم کی کارروائی کرنی مُناسب ہے۔ سب حاضرین جلسہ کی یہ رائے تھی۔ کہ بے شک چکّی خطرناک چیز ہے۔ نہایت ہی خطرناک لیکن یہ بتانا بہت مشکل ہے۔ کہ اس بلا سے کس طرح چھٹکارا ہو۔

بعض پرند حاضرین کی یہ رائے تھی۔ کہ فوراً سخت تدبیریں شروع کرنی چاہیئیں۔

مثلاً ایک ممبر نے کہا۔ کہ سب مُعزز سیاہ پوش بھائیوں کو لازم ہے کہ ایک غول بن کر اس دیونی چکّی پر ایک دفعہ ہی چڑھائی کر دیں۔ اور اس کا نام نشان مٹا دیا جائے۔

لیکن انصاف کی بات یہ ہے۔ کہ سب معزز حاضرین جلسہ کی رائے یہ نہ تھی۔ اس قسم کی جوش بھری تیزی اور لڑائی کے ارادے صرف چند نوجوان پرند ظاہر کرتے تھے۔ جن کے پُورے پَر بھی ابھی نہ نکلے

تھے۔ اُنہوں نے اپنے گھونسلوں کے سوا دُنیا کا گرم سرد ابھی کچھ نہ دیکھا تھا۔

جب بہت کچھ شیخیاں مار چکے۔ اور شور وغل مچا چکے۔ تو ایک بڈھا کوا سر ہلاتا گردن مٹکاتا آگے بڑھا۔ اور یُوں بولا:۔

صدر پرند اور سب معزز کالے بھائیو۔ مَیں آپ سے صرف ایک سوال کرنے آیا ہُوں۔ وہ یہ ہے۔ کہ آیا اس چکّی کی نسبت کبھی کسی نے یہ بھی سُنا ہے۔ کہ یہ جہاں کھڑی ہے۔ وہاں سے سرکتی۔ اور ہم بھائیوں میں سے کسی کو مارنے کے لئے اُس کا پیچھا کرتی ہے؟

سب حاضرین نے مل کر جواب دیا۔ کہ نہیں اس دیونی کی یہ شکایت تو کسی نے نہیں سُنی۔

بڈّھے پرند نے کہا۔ پھر یہ خطرہ کس طرح پیدا ہُوا۔ کہ وہ ہم کو مار دینے والی ہے"؟

سب ممبر کائیں کائیں کر کے چلائے۔ کہ بڑے میاں خود ذرا اس کے پاس جا کر تو دیکھیں۔ وہ کیا کرتی ہے! سمجھ دار بڈھا کوا بولا"۔ اچھا تو بس ڈر کی بات یہی ہے نا۔ کہ پاس جائیں۔ تو وہ مار ڈالے گی"؟

پریزیڈنٹ کوا بولا" مَیں یقین کرتا ہُوں۔ سب کالے بھائیوں کی یہی رائے ہے"۔ اس پر جلسے کے معزز سیاہ پوش ممبروں نے بھی اپنا سر ہلایا۔ گویا یہ کہتے تھے۔ کہ

"ہاں یہی ہے۔ یہی"
بُڈھے کوّے نے کہا۔ کہ اگر اس کے پاس جانے سے ہی جان کا ڈر ہے۔ تو اس سے بچنے کی تو بہت آسان تدبیر ہے۔ وہ یہ کہ ہم اس کے پاس کبھی نہ جائیں۔ بس میں اتنی بات کہنا چاہتا تھا۔

عقل مند طوطا

ایک شخص کے ہاں طوطا پلا ہوُا تھا۔ وہ شخص سفر کو چلا۔ گھر کے سب آدمیوں سے پُوچھا۔ کہ تُمہارے لئے کیا کیا تُحفے لاؤں۔ سب نے اپنی اپنی چیزیں بتادیں۔ طوطے سے بھی پُوچھا۔ کہ کیوں میاں مٹھو تیرے لئے کیا چیز لاؤں؟

طوطے نے کہا۔ مُجھے کسی چیز کی ضرورت نہیں۔ لیکن اس شخص نے بار بار پُوچھا۔ کہ کوئی چیز تو منگوا لے۔

آخر طوطا بولا۔ کہ اے شخص اگر تُو اتنا مہربان ہوُا ہے۔ تو میرا ایک کام کرتا آئیو۔ اس نے پُوچھا۔ کیا؟ طوطے نے کہا "جب تُو فلانے جنگل میں پہنچے۔ تو وہاں تُجھے بہت سے طوطے ملیں گے۔ وہ سب میرے رشتہ دار ہیں۔ تو اُنہیں میرا حال سُنا دینا۔ کہ تُمہارا ساتھی

قید میں پڑا دکھ سہ رہا ہے۔ اور تم کھلی ہوائیں کھاتے ہو۔ یہ تو دوستی کے خلاف ہیں۔ آہ! تمہیں میرے رنج کا ذرا بھی خیال نہیں۔ جب میں تمہارے ساتھ ہوتا تھا۔ تو تم کہا کرتے تھے۔ کہ ہم تمہارے دوست ہیں۔ اب تمہاری دوستی کہاں گئی؟ اب تو ملنے کے لئے بھی نہیں آتے۔ اگر کبھی کبھی آجایا کرو۔ تو دل کو تسلی ہو جایا کرے نہیں تو اسی طرح کڑھ کڑھ کے جان دے دوں گا"۔

غرض طوطے نے بہت سی باتیں کہیں۔ اور وہ شخص طوطے کا پیغام لے کر سفر کو چلا۔ اس زمانے میں ریل تو تھی ہی نہیں۔ لوگ پیدل سفر کیا کرتے تھے۔ اسی طرح وہ شخص بھی پیادہ پا سفر طے کرنے لگا۔ کوئی ایک مہینے کے بعد جب وہ واپس آنے لگا۔ تو اُسے طوطے کا پیغام یاد آیا۔ اور طوطوں والے جنگل کی راہ لی۔

جب وہاں پہنچا۔ تو بہت سے طوطے درختوں پر بیٹھے ہوئے تھے اس شخص نے پکار کر کہا۔ کہ "طوطو میں تمہارے ساتھی کا ایک پیغام لایا ہوں۔ وہ سن لو۔ ان کا سردار درخت پر سے اُتر آیا۔ اور پیغام پوچھا۔ اس شخص نے تمام باتیں کہہ سنائیں۔ کہ کس طرح اُن کے ساتھی نے ملنے کی التجا کی۔ اور کس طرح اُن کی دوستی کا گلہ کیا تھا۔

یہ باتیں سُن کر سردار طوطا پھڑپھڑایا۔ اور زمین پر لوٹ لوٹ کر جان دے دی۔

وہ شخص بڑا حیران ہوا۔ اور دل میں طوطے کی محبت اور دوستی کی تعریف کرنے لگا۔ اور سوچا۔ کہ واقعی ایسے دوست بہت کم ملتے ہیں۔ یہی سوچتا ہوا گھر واپس آیا۔ جب گھر پہنچا۔ تو سب سے پہلے طوطے کے پاس گیا۔ اور اسے سب کچھ جو پیش آیا تھا۔ کہہ سُنایا۔ لیکن وہ یہ دیکھ کر پہلے سے بھی زیادہ حیران ہوا۔ کہ اس طوطے نے پیغام سُنتے ہی اسی طرح ہاتھ پاؤں مارنے شروع کئے۔ اور تھوڑی دیر میں مرگیا۔ اُس شخص نے افسوس کے ساتھ اسے اُٹھایا۔ اور باہر پھینک دیا۔ باہر پہنچتے ہی طوطا پُھر سا اُڑکر سامنے دیوار پر جا بیٹھا۔ اور بولا۔ کہ اے شخص میرے پیغام کا جواب تیری سمجھ میں نہ آیا۔ اصل میں میرے سردار نے کہلا بھیجا تھا۔ کہ مرنے کا بہانہ کر کے نکل آ۔ نہیں تو عُمر بھر قید سے نہ چُھوٹے گا۔

ایک شریر طوطا

کہتے ہیں۔ ایک شخص کو جانوروں کے پالنے کا بڑا شَوق تھا۔ اُس نے ایک طوطا پالا۔ یہ طوطا آدمی کی بولی کی خُوب نقل کرتا تھا۔ اس آدمی کے پاس ایک کُتا بھی تھا۔ کُتا بڑا ہوشیار تھا۔ جو بات

مالک اُسے سکھاتا تھا۔ وہی سیکھ جاتا تھا۔ جب مالک کُتے کو سکھاتا۔ تو طوطا بھی بڑے دھیان سے سُنا کرتا تھا۔ جو بول مالک کی زبان سے نکلتا۔ اسی کو یاد کر لیتا۔

مالک کُتے کو کہتا "تنور پر جاؤ"۔ طوطا بھی یہی بات زبان سے نکالتا۔ کُتا اسی وقت دوڑ کر چلا جاتا۔ چھوٹی سی ٹوکری اُٹھا کر لاتا۔ اور مالک کے سامنے رکھ دیتا۔ خود زمین پر بیٹھ جاتا۔ اور مالک کی طرف دھیان سے دیکھتا۔ اور پنجے کو زمین پر رگڑتا۔ جیسے کوئی کہہ رہا ہے "دام دو"۔ مالک ٹوکری میں کچھ دام ڈال دیتا۔ کُتا فوراً ٹوکری لے کر تنور پر جاتا۔ روٹیاں لے آتا۔ اور مالک کے سامنے رکھ دیتا۔ خود ایسی شکل بنا کر کھڑا ہو جاتا۔ جیسے کوئی کہتا ہو۔ حضور روٹی لے آیا ہوں۔ مجھے بھی انعام کی روٹی مل جائے۔ مالک خوش ہوتا۔ اور کُتے کو روٹی دیتا۔ کُتا مزے سے روٹی کھاتا۔ اور پھر گدیلے پہ بیٹھ جاتا۔

کبھی کبھی مالک کُتے کو بے دام دیئے تنور پر بھیجا کرتا تھا۔ اس وقت مالک کُتے کو کہتا "اُدھار"! کُتا سمجھ جاتا۔ فوراً ٹوکری لے کر جاتا۔ اور تنور سے روٹیاں لے آتا۔

طوطا بڑا ہوشیار تھا۔ جب دیکھتا۔ مالک گھر میں نہیں ہے۔ تو کُتے سے مذاق کرتا۔ کبھی مالک کی سی آواز بنا کر کہتا "باہر جاؤ"۔ کُتا

اُسی وقت اُٹھتا۔ کان دبا کر چُپکے سے باہر جاتا + اس وقت طوطا مالک جیسی آواز سے سیٹی بجاتا + کُتا سیٹی پر لگا ہُوا تھا۔ فوراً اُچھلتا کُودتا کمرے میں اُلٹا چلا آتا ؛

ایک روز تنور والا مالک کے پاس آیا۔ اور کہا۔ جناب آج مہینہ ختم ہو گیا ہے۔ حساب کر دیجئے + مالک نے کہا۔ لاؤ اپنا حساب دکھاؤ + تنور والے نے حساب کی کتاب مالک کے ہاتھ میں دی + مالک نے کاغذ اور اپنی بہی دیکھ کر کہا۔ بھائی کیا سبب ہے۔ حساب میں تو بڑا فرق معلوم ہوتا ہے ! تم جانتے ہو۔ مَیں کوڑی کوڑی کا حساب لِکھتا ہُوں۔ تم نے تو کاغذ میں بہت زیادہ دام لِکھ رکھے ہیں + پہلے مہینے تم نے حساب میں دو روپے زیادہ لگا رکھے تھے۔ خیر مَیں نے دے دِئے۔ لیکن اس دفعہ اکھٹا پانچ روپے کا فرق ہے ؛

تنور والا بولا۔ حضُور مَیں تو روز کا حساب روز لکھتا ہُوں۔ پھر تعجب ہے۔ یہ فرق کیوں پڑ جاتا ہے + آپ کا کُتا تو آپ کے حُکم سے جاتا ہوگا۔ مالک نے کہا۔ بے شک میرے حُکم سے جاتا ہے + خیر آج تو تم اپنے دام لے جاؤ۔ لیکن آگے کو حساب ٹھیک ٹھیک لکھا کرو + تنور والا دام لے کر چلا گیا + مالک نے دل میں کہا۔ تنور والے کے ایمان میں فرق معلوم ہوتا + بے ایمان دُگنے دام لگاتا ہے ؛

ایک روز کا ذکر ہے۔ صبح کا وقت تھا۔ مالک کمرے کے اندر بیٹھا

ہؤا تھا۔ کمرے کا دروازہ آدھا کُھلا ہؤا تھا۔ مالک نے ذرا باہر نظر کی۔ تو کیا دیکھتا ہے۔ کہ طوطا پنجرے کی چوٹی پر بیٹھا ہؤا ہے۔ اور بُلند آواز سے کُتّے کو بُلا رہا ہے۔ کُتّا بھاگتا ہؤا آیا۔ طوطے کے سامنے کھڑا ہو کر دُم ہِلانے لگا۔ طوطے نے کہا "تنور پر جاؤ"۔ کُتّا ٹوکری اُٹھا کر لایا۔ طوطے کے سامنے رکھ دی۔ اور دام لینے کے لئے زمین پر پنجے رگڑنے لگا۔ طوطے نے کہا "اُدھار"۔ کُتّے نے ٹوکری اُٹھالی۔ اور بھاگ کر باہر گیا۔ تھوڑی سی دیر میں پھر واپس آیا۔ روٹیوں کی بھری ہوئی ٹوکری طوطے کے سامنے رکھ دی۔ اور ایسی صُورت بنا کر کھڑا ہو گیا۔ جیسے روٹی مانگ رہا ہے۔

طوطا بڑا شریر تھا۔ چلا کر بولا "باہر جاؤ!" کُتّا چلا گیا۔ اور ظالم طوطا خود روٹیاں کھانے لگا۔ مالک یہ حال دیکھ کر ہنس پڑا۔ دل میں کہا۔ تنور والا ایمان دار ہے۔ اور طوطا بڑا شریر ہے۔

دو طوطے

بندھیاچل کی پہاڑیوں میں طوطوں کا ایک جوڑا رہتا تھا۔ اُن کے دو بچے تھے۔ ایک کا نام موتی تھا۔ دُوسرے کا ہیرا۔ جب

باپ خوراک کی تلاش میں باہر جاتا۔ تو ماں بچّوں کی حفاظت کیا کرتی۔ ایک دن کیا اتفاق ہؤا۔ کہ ماں اور باپ دونوں باہر گئے ہوئے تھے۔ کہ ایک شکاری آیا۔ اور دونوں بھائیوں کو پکڑ کر لے گیا۔

یہ شکاری شام کو کسی شہر میں پہنچا۔ اور وہاں اُن کو بیچ ڈالا۔ موتی کو ایک شریف آدمی نے خریدا۔ یہ بڑا دین دار نیک اور امیر آدمی تھا۔ اس کے گھر اکثر مہمان آتے۔ اور وہ ان سب کی خاطر تواضع کرتا تھا۔

ہیرا ایک بدمعاش آدمی کے ہاتھ پڑا۔ یہ شخص ظالم اور سخت دِل تھا۔ فقیر اس کے دروازے پر آکر بھیک مانگتے۔ تو یہ اُنہیں گالیاں دیتا۔ اور کبھی کبھی مار بھی بیٹھتا۔

طوطوں کے ماں باپ جب واپس آئے۔ اور گھونسلا خالی پایا تو اُن کو بڑا افسوس ہؤا۔ فوراً باہر نکلے۔ اور اُڑتے اُڑتے تمام دُنیا میں اپنے بچّوں کو ڈھونڈنے لگے۔ آخر ان کا اس شہر میں گزر ہؤا۔ دیکھا۔ کہ موتی ایک شریف آدمی کے گھر میں ایک پنجرے میں لٹکا ہؤا ہے۔ اور ہیرا ایک بدمعاش کے گھر میں ہے۔ مَوقع پاکر اور سب کی نظر بچا کر طوطے اُتر کر پنجروں کے پاس آئے۔ چونچ سے اُن کے دروازے کھول دِئے۔ اور بچّوں کو لے کر وہاں سے چلے گئے۔

اُڑتے اُڑتے ایک جنگل میں پہنچے۔ اور وہاں بہت عرصے تک رہا کیئے۔ بڈھے ماں باپ تو مر گئے۔ اور یہ دونو بھائی الگ الگ ہوگئے۔ موتی نے اپنا گھونسلا جنگل میں آم کے ایک درخت پر بنایا۔ اور ہیرا نے کچھ فاصلے پر دریا کے کنارے۔

ایک دن کوئی مُسافر سفر کرتا ہُوا اس دریا کے کنارے آیا۔ بے چارہ دھوپ سے بے تاب اور تھک کر چُور ہو گیا تھا۔ چاہتا تھا۔ کہ دریا میں نہا کر تکان اُتارے۔ لیکن ہیرا اُسے دیکھتے ہی چلّا کر بولا "اِسے مارو۔ دھکا دے دو۔ پکڑ لو" یہ کہتا جاتا تھا۔ اور وہی گالیاں بھی دیتا جاتا تھا۔ جو اس نے بد معاش کے گھر سیکھی تھیں۔ غریب مُسافر ڈر گیا۔ اور وہاں سے بھاگ کر جنگل میں چلا گیا۔ اسے کیا معلوم تھا۔ کہ یہ آواز ایک طوطے کی ہے۔

اب اتفاق سے وہ مُسافر اس درخت کے نیچے جا کر بیٹھا۔ جس پر موتی کا گھونسلا تھا۔ موتی نے اس کو دیکھتے ہی مہربانی سے کہا۔ "آئیے مہاراج بیٹھئے۔ آپ برہمن معلوم ہوتے ہیں۔ ہمارے حق میں دُعائے خیر کیجئے۔ کوئی ہے! ان کے لئے دُودھ لاؤ۔ چاول لاؤ"۔

مُسافر یہ سُن کر بہت خوش ہوُا۔ اس نے اوپر نظر اُٹھا کر موتی کو دیکھا۔ اور جی میں سوچنے لگا۔ کہ یہ طوطا کیسی اچھی باتیں کرتا ہے۔ اور اس کی عادتیں اور اخلاق کیسے اچھے ہیں۔ آؤ اسی درخت کے نیچے

لیٹ کر آرام کریں ۔

اُن طوطوں نے جو باتیں بولنی سیکھی تھیں ۔ وہی زبان سے کہیں۔ موتی کو اچھی صحبت ملی تھی۔ اس وجہ سے اُس نے اچھی عادتیں۔ عمدہ اخلاق اور بھلی باتیں بولنی سیکھیں۔ ہیرا کو بُری صحبت ملی تھی۔ اس واسطے اس نے بُری عادتیں۔ گندے لفظ اور بیہودہ باتیں بولنی سیکھیں۔ بُری صحبت سے ہمیشہ بچنا چاہیئے۔ تاکہ بُروں کا اثر نہ پڑے ۔

دو کبوتروں کی کہانی

کسی جنگل میں آم کے درخت پر دو کبوتر بہت دنوں سے رہتے تھے۔ ایک دِن کبوتر اپنی کبوتری سے کہنے لگا۔ کہ اب ہماری موت کا وقت قریب آ پہنچا ہے۔ وہ دیکھو درخت کے نیچے ایک شکاری تیر کمان ہاتھ میں لئے ہوئے ہمیں تاک رہا ہے۔ اب اگر ہم اُڑ کر بھاگنا بھی چاہیں تو اوپر باز جھوم رہا ہے۔ وہ اُڑتے ہی ہم کو پکڑ لے گا۔ اب ہمارے بچنے کی کوئی امید نہیں ہے ۔

کبوتری نے کہا۔" اے میرے پیارے کبوتر۔ تم کیوں ڈرتے ہو۔ اکثر مصیبتیں ظاہر میں پہاڑ سے زیادہ بڑی معلوم ہوتی ہیں۔

لیکن خُدا کے فضل سے رائی بن جاتی ہیں۔ فکر کرنے سے کیا فائدہ۔ خدا کی جو مرضی ہے۔ بس وہی ہوگا۔"

اُن کی یہ باتیں ہو ہی رہی تھیں۔ کہ اتنے میں ایک زہریلے سانپ نے شکاری کی ایڑی میں کاٹا۔ اور اس کی گھبراہٹ میں شکاری کی کمان سے تیر چھوٹ گیا۔ اور بہت اُونچا جاکر اُس باز کے جا لگا۔ جو کبوتروں کے سر پر منڈلا رہا تھا۔ شکاری بھی سانپ کے زہر سے مر گیا۔ اور باز بھی زمین پر گر پڑا۔ اور کبوتر صحیح سلامت رہے۔

آدمی کو ہر وقت اپنے خُدا پر بھروسہ رکھنا چاہیئے۔

مار کر پچھتانا

کبُوتروں کا ایک جوڑا خوشی خوشی اپنے گھونسلے میں رہا کرتا تھا۔ شروع جاڑے میں انھوں نے کچھ دانہ اکٹھا کر کے ساری سردیوں کے واسطے سنبھال رکھا۔ بارش کی سِیل سے دانہ بھیگ کر پھُول گیا تھا۔

اُنہیں دِنوں کبوتر تھوڑے دِنوں کے واسطے دُوسری جگہ چلا گیا۔ جب وہ واپس آیا۔ تو خُوب گرمی پڑ رہی تھی۔ اور دانہ سُوکھ کر

تھوڑا سا معلوم ہونے لگا + کبوتر نے یہ حال دیکھا۔ تو اُسے بہت غُصّہ آیا۔ اور اپنی کبوتری کو دھمکانے لگا۔ کہ میرے پیچھے تُو نے سارا دانہ کھا لیا ہے ٭

کبوتری نے کہا۔ مَیں نے اس میں سے ایک بھی دانہ نہیں چھُوا۔ بلکہ بازاروں اور کھیتوں میں جاکر اپنا پیٹ بھر آیا کرتی تھی + مگر کبوتر نے ایک نہ سُنی۔ اور غُصّے میں بھر کر کبُوتری کو پھٹ پھٹ پَروں سے مارنے لگا۔ اور چونچوں سے اس کا سر گنجا کرکے گھونسلے سے نیچے گِرا دِیا + وہ کبُوتری مار کھا کر بیمار ہوگئی۔ اور کُچھ دِنوں کے بعد تڑپ تڑپ کر مرگئی ٭

گرمی کا مَوسم گزرنے کے بعد برسات آئی۔ تو وہ دانہ پھر پھُول گیا اور زیادہ معلوم ہونے لگا + تب کبوتر سمجھا۔ کہ دانہ گرمی کے دنوں میں سُوکھ گیا تھا۔ میری کبوتری نے اسے بالکل نہیں چھُوا۔ افسوس مَیں نے اُسے ناحق مارا ٭

اپنی کبوتری کا دھیان کرکے کبوتر اپنے کئے پر پچھتانے اور زار زار رونے لگا + وہ کبوتری کے بعد بہت دِنوں تک زندہ رہا۔ مگر جب اس کو اپنی پیاری کبوتری کا خیال آتا تھا۔ تو گھنٹوں افسوس کرتا تھا۔ کہ ہائے مَیں نے ناحق اپنے جوڑے کو ہاتھ سے کھو دیا ٭ غُصّے میں اندھے ہوکر جلد بازی سے ایسا کوئی کام نہیں کرنا

چاہیئے۔جس کا پھر علاج نہ ہو سکے۔ اور ہمیشہ پچھتانا پڑے۔

ہمدردی

کسی باغ میں ایک درخت کی ٹہنی پر ایک بُلبل نے اپنا گھونسلا بنا رکھا تھا۔ اور اس میں وہ بچوں سمیت رہتی تھی۔ ایک دن وہ اپنے بچوں کے لیئے دانہ دُنکا چُگنے کے لئے کہیں باہر گئی۔ دانہ چُنتے چُنتے اسے وہاں رات ہوگئی۔ ایسا اندھیرا ہوگیا۔ کہ وہ گھر واپس نہ آسکی۔ اور اپنے پیارے بچوں کے اکیلے ہونے کا خیال کرکے رونے لگی۔ وہ روتی تھی۔ اور کہتی جاتی تھی۔ کہ مَیں ہر روز اپنے پیارے بچوں کو اپنے پروں میں لے کر کیسے آرام سے سُلایا کرتی تھی۔ ہائے آج وہ بے چارے کیسے بے آرام اور بھوک کی تکلیف میں ہوں گے! ہائے مجھے ڈر ہے۔ کہ میرے لاڈلوں کو کوئی ظالم شکاری جانور پکڑ نہ لے جائے۔ یا وہ کہیں آگے کو سرک کر گھونسلے میں سے زمین پر نہ گر پڑیں۔ ہائے میرے لاڈلے کیسے انتظار سے میرا راستہ دیکھ رہے ہوں گے۔ کہ ابھی ہماری ماں آتی۔ اور ہم کو چوگا کھلاتی ہے۔ ہائے کوئی مجھے میرے بچوں تک پہنچا دے! ہائے کوئی مجھ بچھڑی ہوئی کو میرے

کلیجے کے ٹکڑوں سے ملا دے!!

بُلبُل رو رو کر یہ درد بھری باتیں کر رہی تھی۔ اور ایک جگنو سُن رہا تھا۔ اس کا دل بھر آیا۔ وہ فوراً اپنی جگہ سے اُڑ کر بُلبل کے پاس آیا۔ اور کہنے لگا۔ کہ بُوا تم کیوں رو رہی اور اتنی غمگین ہو رہی ہو۔ گھبراؤ نہیں۔ خُدا نے مُجھے روشنی دی ہے۔ مَیں تمہارے آگے آگے چلتا ہُوں۔ تم میرے پیچھے پیچھے آؤ۔ اور میری روشنی سے فائدہ اُٹھاؤ۔ یہ کہہ کر جگنو فوراً اُڑا۔ اور آگے آگے چلا۔ اور بُلبُل اس کے پیچھے پیچھے اُڑتی گئی۔ آخر کار جگنو بُلبُل کو گھونسلے میں پہنچا کر چلا گیا۔ بُلبُل اپنے بچوں سے مل کر بہت خوش ہوئی۔ اور خُدا سے دُعا مانگنے لگی۔ کہ یا خُدا جس جانور نے مُجھ سے گنہگار کے ساتھ ایسی ہمدردی کی ہے۔ صدقہ اپنی خُدائی کا۔ تو بھی اس سے ہمدردی فرما۔ اور اس کو اپنی قوم کا سردار بنا۔ خُدا کی درگاہ میں بُلبُل کی یہ دُعا قبول ہوئی۔

دُوسرے دن سب جگنوؤں نے مل کر ایک جلسہ کیا۔ جب سب اپنی اپنی تقریریں ختم کر چکے۔ تو ایک جگنو اُٹھا۔ اور یوں بولا۔ کہ خُدا نے ہم کو سب سے زیادہ روشنی بخشی ہے۔ مگر تعجب ہے۔ کہ ہمارا کوئی بادشاہ نہیں! دُنیا میں اَور سب جانداروں کے بادشاہ ہیں۔ لیکن افسوس ہمارا ہی بادشاہ نہیں۔ ہمیں بھی کسی کو اپنا بادشاہ بنانا چاہیئے۔ یہ سُن کر ایک اَور جگنو اُٹھا۔ اور بولا۔ کہ میری صلاح بھی یہی ہے۔

کہ ہم اپنا بادشاہ بنائیں۔ جو ہمارے جھگڑے جھمیلے چکایا کرے۔ ایک اَور جگنو اُٹھا۔ اور بولا۔ ہمارے بھائی کو بہت اچھی بات سُوجھی ہے میری بھی یہی صلاح ہے۔ کہ ہم ضرور اپنا بادشاہ بنائیں۔ اب سارے جگنو ہم آواز ہو کر بولے۔ ضرور ضرور بادشاہ بنایا جائے ۔

سب سے اخیر میں ایک بُڈھا جگنو اُٹھا۔ اور بولا۔ بھائیو۔ مَیں آپ کی خدمت میں یہ تجویز پیش کرتا ہُوں۔ کہ اس چمکیلے خُوب صُورت جانور کو جس نے ہم میں سے ایک دُکھیاری ماں کے ساتھ ہمدردی کر کے اندھیری رات میں اسے گھونسلے تک پہنچایا۔ اسی کو ہم اپنی قوم کا بادشاہ بنائیں ۔

سب جگنوؤں نے بہت خوشی سے اپنے پروں کو ہلا اور جھلملا کر زور سے کہا "ٹھیک ہے۔ ٹھیک ہے۔ آج سے یہی جگنو ہمارا بادشاہ بنا"! اسی وقت سے جگنو اُن پر بادشاہی کرنے لگا ۔

جو کوئی دُکھیاروں کے ساتھ ہمدردی کرتا ہے۔ اُس کے ساتھ پروردگار ہمدردی کرتا ہے۔ اور اُسے عزّت دیتا ہے ۔

دُشمن کا فریب

کسی پہاڑی کے نیچے ایک چکور پھر رہا تھا۔ ایک باز کی نظر اس پر پڑی۔ تو اس کی چال ڈھال اور خُوب صُورتی نہایت پسند آئی۔ دل میں سوچا۔ کہ داناؤں نے کہا ہے۔ بے یار آدمی بیمار کی طرح ہے۔ یہی بہتر ہے۔ کہ اس ہنس مکھ جانور کو اپنا دوست بنا لوں۔ یہ سوچ کر آہستہ آہستہ چکور کے پاس آیا۔ چکور باز کو دیکھ کر ڈرا۔ اور ایک چٹان کی درز میں جا چھپا۔ باز شگاف کے پاس آیا۔ اور کہنے لگا:۔

باز۔ اے چکور۔ مُجھے اس سے پہلے تیری خُوبیاں معلوم نہ تھیں۔ اب مَیں چاہتا ہوں۔ کہ تُو مجھے اپنا دوست بنا لے ٭

چکور (چٹان کے اندر ہی سے) آپ مجھ بے چارے پر رحم ہی کریں۔ جس طرح آگ پانی میں دوستی نہیں ہوسکتی۔ اُسی طرح مجھے آپ کے پاس رہ کر زندگی کی اُمید نہیں ٭

میرے پیارے۔ مَیں ابھی بڈھا اور کم زور نہیں ہُوں۔ کہ اپنی خُوراک بہم پہنچانے کے لئے حیلہ اور فریب کروں۔ تجھے میرے پاس رہنے سے بہت فائدے ہوں گے۔ ایک تو کوئی تجھے تکلیف نہ دے سکے گا۔ دُوسرے جب اَور پرندوں کو میری اور تیری دوستی کا حال

معلوم ہوگا۔ تو وہ تیری عزت کریں گے۔

چکور۔ آپ پرندوں کے بادشاہ ہیں۔ اور میں رعیت ہوں۔ چھوٹوں سے اکثر ایسی غلطیاں ہوتی رہتی ہیں۔ جو بزرگوں کی شان کے لائق نہیں۔ مجھے اس کا ڈر ہے۔ کہ کسی وقت میرے کسی قصور پر آپ کو غصہ آجائے۔ تو پھر میرا کہاں ٹھکانا ہے؟

باز۔ ارے بھولے پرندے۔ جب میں تیرا دوست بن جاؤں گا۔ تو میں تیرے قصوروں کو چھپایا کروں گا۔ کوئی دوست بھی اپنے دوست کی غلطیوں پر خفا ہوا کرتے ہیں؟

چکور نے بہتیرے عذر کئے۔ مگر باز نے نہ مانا۔ آخر چکور درزیں سے نکلا۔ اور باز سے دوستی کا پکا اقرار کیا۔ اُن دونوں میں بڑی محبت ہوئی۔

جب باز بڈھا ہوگیا۔ اور شکار کے کام کا نہ رہا۔ تو ایک دن بھوک سے تنگ آکر اُس نے چکور کو کھانے کا ارادہ کیا۔ اور سوچنے لگا۔ کہ کس حیلے اور فریب سے چکور کو کھاؤں۔ آخر ایک دفعہ رات کے وقت اُس نے چکور سے کہا۔ کہ پیارے دوست۔ کیا یہ اچھی بات ہے۔ کہ میں تو دھوپ میں بیٹھا رہوں۔ اور تو سائے میں رہے؟ چکور نے جواب دیا۔ کہ یہ تو رات کا وقت ہے۔ دھوپ اور سایہ کہاں سے آگیا؟ باز نے کہا۔ "اے بے ادب! مجھے جھوٹا بناتا ہے؟

آ تو سہی۔ میں تجھے اس کا مزہ چکھاؤں"۔ یہ کہا۔ اور چکور کے ٹکڑے کر ڈالے۔

دشمن اگر کسی مکر و فریب سے دوست بننا چاہے۔ تو اُس کا ہرگز اعتبار نہیں کرنا چاہیئے۔

بطخ کا بدصورت بچہ

کسی گاؤں میں ایک رئیس نے بطخیں پال رکھی تھیں۔ ایک بطخ احاطے کے ایک کونے میں اکیلی بیٹھی انڈے سے رہی تھی۔ اکیلے بیٹھے بیٹھے اُس کا جی اُکتا گیا۔ نہ کوئی دوست بطخ اُس سے ملنے آتی تھی نہ جنگل کی تازہ ہوا اور تالابوں ندیوں کی بہاریں دیکھنی نصیب ہوتی تھیں۔ مگر کیا کرتی؟ یہ بھی بہت ضروری کام تھا۔

آخر بہت دنوں کے بعد ایک انڈا پھوٹا۔ پھر دوسرا۔ پھر تیسرا۔ پٹ پٹ کرتا ایک بچہ نکلا۔ پٹ پٹ کرتے دوسرا نکلا۔ اسی طرح بارہ انڈوں میں سے بارہ بچوں نے اپنے چھوٹے چھوٹے سر نکالے۔ جس طرح کوئی کھڑکی میں سے جھانکتا ہو۔ گُگ گُگ کرکے ماں نے بلایا۔ سب اس کے اِرد گرد جمع ہو گئے۔ وہ حیران تھے۔ اور ماں سے

کہتے تھے۔ امّاں جان یہ دُنیا تو بہت ہی بڑی معلوم ہوتی ہے۔
ماں نے کہا۔ تم تو یہ جانتے ہوگے۔ کہ بس یہ دُنیا اتنی ہی ہے۔ جو تمہیں نظر آتی ہے۔ نہیں یہ اس سے بڑی ہے۔ وہ جو بہت دُور درختوں کی باڑ دکھائی دیتی ہے۔ اس سے پرے بھی دُنیا ہی دُنیا ہے۔
پھر بطخ نے سب بچوں کو گن کر کہا۔ کہ تم سب ابھی پورے نہیں ہو۔ ایک بچہ ابھی نکلنا باقی ہے۔ مَیں جاتی ہوں۔ اور اُسے سینتی ہوں۔ میرا جی تو بیٹھے بیٹھے اُکتا گیا ہے۔ پر کیا کروں؟

ایک دِن ایک بڈھی بطخ اُسے ملنے آئی۔ اور اِس نے اپنی اُس دوست سے شکایت کی۔ کہ مَیں اس انڈے کو سیتے سیتے تھک گئی ہُوں۔ یہی پھوٹنے میں نہیں آتا۔ لیکن خیر۔ مَیں تمہیں اپنے باقی بچے دکھاتی ہُوں۔ دیکھو یہ میرا سارا خوب صورت ننھا کنبہ ہے۔

بُڑھیا بطخ ننھے بچّوں کو دیکھ کے بہت خوش ہوئی۔ بچّوں کو پیار کیا اور دُعائیں دیں۔ پھر کہا۔ کہ بہن مجھے وہ انڈا تو دکھاؤ۔ اوہ۔ یہ تو پیرو تیتر کا انڈا ہے۔ مَیں شرط لگاتی ہُوں۔ یہ اسی کا ہے۔ میرے ساتھ بھی ایک دفعہ ایسا ہی ہُوا تھا۔ تم اس کو چھوڑو۔ جو خُدا نے تمہیں دِئے ہیں۔ اُنہیں ہی پالو پوسو۔

دوسری بطخ نے کہا۔ مَیں اس پر بہت محنت اُٹھا چکی ہُوں۔ دو چار روز اَور دیکھتی ہُوں۔" بُڑھیا بطخ نے کہا۔" اچھا تم جانو۔ مَیں تو

جاتی ہوں۔ پر تم دیکھ لینا۔ جو میں نے کہا ہے۔ وہی نہ ہو تو سہی ٭

کئی دِن کے بعد یہ انڈا بھی پھوٹا۔ اور پٹ پٹ کر کے نیا بچہ بھی چھلکے کے گنبد میں سے باہر آیا۔ اوہ یہ کتنا بڑا۔ کیسا بے ڈھنگا اور بھونڈا بچہ تھا! پہلے پہلے تو اسے دیکھ کر ماں کو بھی ڈر لگا۔ وہ حیران ہو کے دیر کے بعد بولی۔ سچ مچ یہ بچہ تو کچھ نرالی چیز ہے۔ کہیں بڑا ہو کر پیرُو تیتر ہی نہ نکل آئے۔ اور میرے خاندان کو بدنام کرے لیکن میں اس شُبہ میں کیوں رہوں۔ میں ابھی اس کا امتحان کرتی ہوں۔ میں انہیں پانی میں لے کر جاتی ہوں۔ بطخ کا بچہ ہوگا۔ تو فوراً پانی میں چلا جائے گا۔ مُرغی یا تیتر کا ہوگا۔ تو ڈر کے مارے کنارے پر کھڑا رہ جائے گا۔

دوسرا دن بڑی بہار کا دن تھا۔ ہلکا ہلکا بادل ہو رہا تھا۔ ہرے کھیتوں میں ہوا سے کھیتیاں لہلہا رہی تھیں۔ کچھ ہلکی ہلکی پھوار بھی پڑ رہی تھی۔ بطخ اپنے سارے کُنبے کو لے کے باہر نکلی۔ اور پاس کے تالاب میں چھپل چھپل کر کے پانی میں چلی گئی۔ اور کُٹ کُٹ کر کے بچوں کو بُلانے لگی۔ بچے بھی بے دھڑک پانی میں تیرتے ماں کے پاس پہنچے وہ بدصورت بچہ بھی اپنے بھائیوں کے ساتھ مزے سے تیرتا ہوا آگیا۔ بطخ بہت خوش ہوئی۔ اور بڑی شیخی سے بولی۔ نہیں یہ بچہ تیتر کا کیوں ہوتا۔ خدا نہ کرے میری اولاد اپنے خاندان کو بدنام کرے۔ میں اسے دھیان سے دیکھتی ہوں۔ تو یہ ایسا بدصورت بھی معلوم نہیں ہوتا۔ اچھی

خاصی شکل ہے۔ یونہی مجھے سب نے وہم میں ڈال دیا ہے۔ گگ گگ گگ۔ آؤ میرے ساتھ۔ مَیں تمہیں اپنا سارا احاطہ دِکھاؤں۔ اور دُوسری بطخوں سے ملاقات کراؤں۔

یہ اپنے سب بچّوں کو لے کر احاطے میں اس جگہ گئی۔ جہاں اَور بطخیں تھیں۔ وہ انہیں دیکھ کر جلیں۔ اور ناک بھوں چڑھا کر بولیں۔ کہ ہم یہاں تھوڑے تھے۔ کہ یہ بہن بھی اپنا کباڑ لے کر یہاں ہی تشریف لا رہی ہیں۔ اس بھونڈے بچے کو تو دیکھو۔ خدا نے کیا شکل آپ کو بخشی ہے۔ بھئی ہم تو اس وحشی کو یہاں نہیں ٹھہرنے دیں گے۔ اسے دیکھ کر ہمارا تو دل گھبرایا جاتا ہے۔ یہ کہہ کر اس بے رحم بطخ نے اس ننھے بچے کی گردن میں چونچ ماری۔

ماں چلائی۔ او مُوذی یہ تیرا کیا بگاڑتا ہے؟ تجھے اس سے کیا۔ دُوسری بطخ نے کہا۔ اس کی عُمر دیکھو۔ اور قد دیکھو۔ میرا خیال ہے کہ سب ٹھونگیں مارتے رہیں۔ تو شاید گھِس گھِسا کے اس کا قد کچھ سنْور جائے۔ ماں نے اپنے بچے کو اپنے پاس بُلایا۔ اور اس کے بکھرے ہوئے پروں کو بٹھایا۔ لیکن کیا بڑے کیا چھوٹے سب جانور اسے دھکے دیتے اور ٹھونگیں مارتے تھے۔ غریب بچّہ حیران تھا۔ کہ کہاں جاؤں۔ اور کیا کروں؟

بدصورت بچہ گھر چھوڑ گیا

جوں توں کر کے پہلا دن گزرا۔ لیکن جو نیا دن آتا تھا۔ وہ اور زیادہ تکلیف اور مصیبت ساتھ لاتا تھا۔ اور جانور تو اس غریب بچے کو ستاتے ہی تھے۔ تعجب تو یہ ہے۔ کہ اپنے بہن بھائی بھی اُسے دِق کرنے لگے۔ بلکہ کوئی کوئی مُرغی بھی اس غریب کو ٹھونگ مار جاتی تھی۔ زمیندار کی لڑکی جو سب کو دانہ دیتی تھی۔ وہ بھی اسے دانہ نہیں چُگنے دیتی تھی۔ ان تکلیفوں سے دق ہو کر یہ بچہ اُڑا۔ اور ایک جھاڑی سے دُوسری پر۔ دوسری سے تیسری پر۔ غرض اسی طرح باڑ کے پار جا کر کھیت میں ایک جھاڑی پر جا بیٹھا۔ چھوٹے چھوٹے جنگلی پرندے جو وہاں بیٹھے مزے سے گیت گا رہے تھے۔ وہ بھی ڈر کر اُڑ گئے۔ اس بچے کو دل میں بہت رنج ہوا۔ آنکھیں بند کر کے سوچنے لگا۔ کہ ہائے میں کیسا بدصورت ہوں۔ کہ کوئی بھلا جانور میرے پاس بیٹھنا نہیں چاہتا۔

وہ وہاں سے بھی اُڑا۔ اور دُور ایک بڑی دلدل میں جا پہنچا۔ وہاں بہت بطخیں رہتی تھیں۔ یہ تھکا ماندہ اور نہایت غمگین رات بھر وہیں رہا۔ صبح کو جنگلی بطخوں نے اپنے نئے مہمان کو دیکھا۔ وہ بولیں۔ بیشک تم بہت ہی بھونڈے ہو۔ لیکن اگر تم یہاں رہو۔ تو کچھ بہت ہرج

نہیں۔ البتہ ہمارے خاندان میں تمہاری شادی نہیں ہوگی۔ غریب مُسافر نے اسے ہی غنیمت سمجھا۔ اور وہاں رہنے لگا۔

ایک دن یہ بچّہ ایک شکاری کی خوف ناک آواز اور کُتّے کے بھونکنے سے بہت ڈرا۔ وہ جھٹ ایک جھاڑی کے اندر گھُس گیا۔ غنیمت ہے۔ کہ کتّے کی نظر اس پر نہیں پڑی۔ ورنہ جان کی خیر نہیں تھی۔ اندر بیٹھے بیٹھے ہی وہ کُتّے کے سفید چمکتے دانت دیکھ دیکھ کر ڈر سے کانپ رہا تھا۔ اللہ اللہ کر کے کہیں تیسرے پہر کو شکاری اور کُتّا وہاں سے دفع ہوئے۔ اور اس بچّے نے باہر کھُلی ہوا میں نکل کے آرام کا سانس لیا۔ اس نے سمجھ لیا۔ کہ یہ امن کی جگہ نہیں۔ یہاں ٹھیرنا بے عقلی ہے۔ وہ وہاں سے بھی چلا۔ اور چلتے چلتے رات کو ایک بُڑھیا کی جھونپڑی میں پہنچا۔ اس کا ایک کواڑ گرا پڑا تھا۔ یہ جھٹ اندر گھُس گیا۔

اس جھونپڑی میں ایک بُڑھیا رہتی تھی۔ اور اس کے ساتھ ایک بلّی اور ایک مُرغی اس کی رفیق تھیں۔ بس اس جھونپڑی میں یہی تین جانیں آباد تھیں۔ صُبح کو وہ اس بِن بُلائے مہمان کو دیکھ کر حیران ہوئیں۔ مگر بُڑھیا نے مُفت کی بطخ دیکھ کے کہا۔ کہ چلو ہمارا کیا نُقصان ہے۔ ہم اسے بھی پال لیں گے۔ شاید بڑی ہو کر مادہ نکلے۔ اور انڈے دینے لگے۔

یہ بچّہ وہاں صرف تین ہفتے رہا۔ ان دِنوں اُس کا دل نہانے

اور پانی میں غوطہ مارنے کو بہت چاہتا تھا۔ اس نے اس کا ذکر اپنی دوست مُرغی سے کیا۔ مُرغی بولی "ماشاء اللہ آپ کے بادشاہی مزاج کے کیا کہنے! بے وقوف تُو دیوانہ تو نہیں ہُوا؟ کیوں ڈوب کر مرنا چاہتا ہے؟ میری بات پر تو تجھے شاید یقین آئے یا نہ آئے۔ پر خالا بلّی کی بات کو تو تم ضرور سچ جانتے ہو گے۔ ان سے ہی پوچھو۔ کہ پانی میں تَیرنا کیسا ہے"۔ بطخ نے جواب دیا۔ کہ بہن تم میرا مطلب نہیں سمجھیں۔

بی مُرغی اس کی بات کاٹ کر بولیں۔ کہ ہم نہیں سمجھے؟ بے شک تم جیسے عقل مندوں کی بات ہم کس طرح سمجھ سکتے؟ بے وقوف پیلی چونچ کے جانور۔ تُو اپنے آپ کو کیا سمجھا ہے؟ بچّے نے جواب دیا۔ "بہن چاہے مجھے بے وقوف کہو۔ چاہے کچھ۔ ہم تو باہر دُنیا کی سَیر کو ضرور نکلیں گے"۔

مُرغی نے بہت روکھا سا جواب دِیا۔ کہ ہاں آپ ضرور تشریف لے جائیے۔ بطخ کا بچّہ سفر کو نکلا۔ مگر جو جانور اُسے مِلتا۔ وہ اُسے بدصُورتی کا طعنہ دیتا۔ مدتوں وہ جنگل میں مارا مارا پھرتا رہا۔

بطخ کا بچّہ مُصیبت میں

اب خزاں کا مَوسم آگیا۔ درختوں کے پتّے جھڑنے لگے۔ زور زور

کی ہواؤں سے زرد زرد پتے اِدھر سے اُدھر اُڑتے پھرتے تھے۔ رفتہ رفتہ جاڑا آگیا۔ صبح صبح سردی سے ٹھٹھرے ہوئے کوتے جھاڑی پر بیٹھے کاں کاں کر رہے تھے۔ بطخ کا بچّہ اس خوف سے۔ کہ جھاڑیوں پر برف پڑ رہی ہے۔ تالاب میں تیرتا رہتا تھا۔ کہ پانی میں غوطے لگا کر برف سے بچا رہوں گا۔ لیکن تالاب کے چاروں طرف کا پانی بھی جمنا شروع ہُوا۔ صرف تالاب کے بیچ کی جگہ۔ جہاں وہ غوطے لگا کر پانی کو ہر وقت ہلاتا رہتا تھا۔ بے جمی رہ گئی۔ اب اس کے لئے وہاں سے نکلنا مُشکل ہوگیا۔ وہ برف کے جال میں پھنس گیا۔ اور سردی سے مرنے لگا۔

صُبح کو ایک کسان ادھر سے گزرا۔ اُس نے اس بدصورت پرندے پر ترس کھایا۔ وہ برف توڑ کر اُس تک پہنچا۔ اور اس اَدھ مُوئے کو جو سردی سے ٹھٹھر رہا تھا۔ نکال کر لایا۔ چُولھے کے پاس رکھا۔ اور گرمی پہنچی۔ تو وہ ہشیار ہُوا۔ بچے اس کے ساتھ کھیلنا چاہتے تھے۔ لیکن وہ اُن سے ڈرتا تھا۔ پاس ایک برتن میں دُودھ بھرا رکھا تھا۔ یہ اس میں گھُس کر چھپل چھپل کرنے لگا۔ کسان کی بیوی چلّائی۔ کہ ہائے میرا دُودھ برباد کر دیا۔ شور وغل سُن کے بچے کی اَور بھی عقل ماری گئی۔ کبھی وہ کسی پیپے میں گھُستا تھا۔ کبھی صندوق کے پیچھے۔

چھوٹے بچے چمٹا لئے اس کے پیچھے پکڑنے دوڑ رہے تھے۔

کسان کے گھر کا دروازہ کھلا تھا۔ خوش قسمتی سے اسے راستہ مل گیا۔ اور وہ دروازے سے نکل پھر کھیتوں میں جا پہنچا۔ غرض اُس نے مدتوں اتنی تکلیفیں اُٹھائیں۔ کہ ان کا بیان مشکل ہے۔ جب اس کے بہت سے پَر نکل آئے۔ اور بازو مضبوط ہو گئے۔ تو وہ ایک بڑے باغ میں پہنچا۔ یہاں پھلوں سے درخت لدے ہوئے تھے۔ اور پاس ایک جھیل صاف پانی کی لہرا رہی تھی۔ وہاں تین راج ہنس آئے۔ نہایت سفید براق۔ وہ وہاں آ کر تیرنے لگے۔ یہ بچہ بولا۔ کہ میں بھی ان بادشاہی جانوروں سے جا کر ملتا ہوں۔ چاہے وہ مجھے مار ہی کیوں نہ دیں۔ میں ایسا بدصورت ہوں۔ کہ میرا مرجانا ہی بہتر ہے۔ یہ پرندے تو مجھے بہت ہی اچھے لگتے ہیں۔ میں ان کے پاس ضرور جاؤں گا۔ یہ تو مجھے مار بھی دیں۔ تو میرا جی خوش ہوگا۔ بطخوں اور مرغیوں کی ٹھونگوں سے تو چھٹکارا ہو جائے گا۔

یہ باتیں سوچ کر وہ جھیل کے بیچوں بیچ پہنچا۔ اور ڈرتا ڈرتا خوب صورت راج ہنسوں کی طرف تیرتا ہوا آیا۔ راج ہنسوں نے گردنیں اُٹھا کر اس کو دیکھا۔ اور وہ اس کو دیکھ کر خوش ہوئے۔ اتنے ہی میں اس نے اپنی صورت جھیل کے صاف پانی میں دیکھی۔ اسے معلوم ہوا۔ کہ میں بطخ نہیں ہوں۔ میں بھی انہیں کے ساتھ کا راج ہنس ہوں۔ کچھ شک نہیں۔ کہ مجھے بطخ نے پالا۔ اور میں اس کے پیٹ کے

نیچے پلا۔ مگر مَیں راج ہنس کی نسل سے ہُوں۔ اور جب تک میرے پُورے پَر نہیں نکلے تھے۔ شاید مَیں بدصُورت ہوں گا۔

اتنے میں دوسرے راج ہنس اس کے پاس آ گئے۔ اور اُس کی گردن پر اپنی گردنیں رکھ کے پیار کرنے لگے۔ راج ہنس نئے مہمان سے مل رہے تھے۔ کہ دو چھوٹے چھوٹے بچے جھیل کے کنارے کھیلتے ہوئے آئے۔ اُنھوں نے راج ہنسوں کے لئے کچھ دانہ اور روٹی ڈالی۔ چھوٹا بھائی بولا "بھائی دیکھو ایک نیا راج ہنس آیا ہے۔" دونو بچے خوش ہو کے تالیاں بجانے لگے۔ اور دَوڑے ہوئے اپنی اماں کو خبر دینے گئے۔ اور کہا۔ کہ اماں جان ایک بہت ہی خوب صُورت چھوٹا سا راج ہنس آیا ہے۔ اور ہمارے راج ہنس اس سے مل کر بہت خوش ہوئے ہیں۔

یہ چھوٹا راج ہنس جسے بچپن میں بھونڈا بدصُورت کہہ کر سب جانوروں نے بدنام کر دیا تھا۔ آج پہلی دفعہ خوش ہُوا۔ مگر اُسے اپنی خوب صُورتی پر ذرا بھی غرور نہیں تھا۔ اس نے اپنا سر بازُو کے پیچھے رکھ لیا۔ اور چُپ چاپ آرام سے بیٹھ گیا۔ جو نیک دل ہے وہ کبھی مغرور ہونا پسند نہ کرے گا۔ غرور بہت بُری چیز ہے۔

چیونٹی اور فاختہ

ایک روز ایک پیاسی چیونٹی ایک ندی پر پانی پینے آئی۔ اتنے میں اس بے چاری کا پاؤں پھسل گیا۔ اور وہ ندی میں گر پڑی۔ ندی کے ساتھ ہی ایک درخت تھا۔ اس پر ایک فاختہ بیٹھی چیونٹی کو دیکھ رہی تھی۔ رحم دِل فاختہ نے اپنی مہربان چونچ سے درخت کا ایک پتّہ توڑ کر ندی میں ڈال دیا۔ چیونٹی اس پتّے پر چڑھ گئی۔ اور تَیر کر ندی کے کنارے پر پہنچ گئی۔

اب اُس نے اپنے دل میں کہا۔ کہ فاختہ نے تو میری جان بچائی۔ مَیں بھی کوئی ایسا کام کروں۔ جس سے فاختہ کو فائدہ ہو۔ تو مجھے بہت خوشی ہو۔ پھر سوچا۔ کہ مَیں بے چاری ننھی سی جان کیا کر سکتی ہوں۔

ایک دن چیونٹی اپنے بچّوں کے لئے کچھ دانے دُنکے ڈھونڈتی پھرتی تھی۔ اتنے میں اُس نے کیا دیکھا۔ کہ ایک درخت پر وہی فاختہ بیٹھی ہے۔ جس نے اس کی جان بچائی تھی۔ اور ایک شکاری اپنی تیر کمان لئے تاک لگا رہا ہے۔ کہ فاختہ کو تیر مار کر گرا دے۔

اب چیونٹی نے سوچا۔ کہ اس وقت مَیں فاختہ کی خوب مدد کر سکتی ہُوں۔

سو جب اس نے دیکھا۔ کہ شکاری تیر چلانے لگا ہے۔ جھٹ جا کر شکاری کے پاؤں میں اس زور سے کاٹا۔ کہ شکاری کا ہاتھ ہل گیا۔ اور شکاری جلدی سے اپنے پاؤں کی طرف دیکھنے لگا۔

تیر جو کمان سے نکلا۔ تو وہ فاختہ پر نہ پڑا۔ اس کے پاس سے گزر کر دور جا پڑا۔ فاختہ تیر کو دیکھ کر پھر سے اڑ گئی۔ شکاری دیکھتا کا دیکھتا رہ گیا۔

سچ ہے۔ نیکی کا بدلہ نیک ہی ملتا ہے۔ فاختہ نے چیونٹی کی جان بچائی۔ تو چیونٹی نے فاختہ کی جان چھڑائی ؎

نیکی کا بدلہ نیک ہے اس بات کو تو جان لے۔
نیکی تو کر اُس سے سدا جو تیری جان بخشی کرے۔

چمگادڑ کی کہانی

کسی زمانے میں ایک دفعہ پرندوں اور چوپایوں میں لڑائی ہوئی۔ یہ لڑائی چار پانچ دن تک رہی۔ جتنے چوپائے جانور تھے۔ وہ سب ایک طرف تھے۔ اور جتنے پرندے تھے۔ وہ سب ایک طرف۔ چمگادڑ چوپایوں میں تھی۔ مگر جب اس نے دیکھا۔ کہ اب پرندے

جیتنے والے ہیں۔ تو یہ اُن کے پاس پہنچی ۔ اور کہنے لگی۔ کہ او پرندو۔ کیا مَیں بھی پرندہ نہیں ہُوں ؟ مَیں چوپایہ کیسے ہوسکتی ہُوں ۔ میرے تو پَر ہیں ۔ دُنیا میں کوئی بھی چوپایہ میری طرح ہوا میں اُڑ سکتا ہے ؟

پرندوں نے یہ سُن کر اسے اپنے گروہ میں ملا لیا ۔ دُوسرے دن جب چمگادڑ نے دیکھا ۔ کہ اب چوپائے جیتنے کو ہیں ۔ تو یہ اُن کے پاس گئی ۔ اور کہنے لگی ۔ کہ اے چوپایو ! مَیں پرندہ نہیں ہُوں ۔ تم نے کہیں کسی پرندے کو دیکھا ہے ۔ جس کے مُنہ میں دانتوں کی قطاریں ہوں جیسے کہ میرے ہیں ؟ اور دُنیا میں کوئی بھی پرندہ میری طرح دُودھ پلاتا ہے ؟

چوپایوں نے یہ سُن کر اسے اپنے گروہ میں ملا لیا ۔ غرض کہ یہ چمگادڑ روز ایسا ہی کرتی تھی ۔ جب پرندے جیتنے لگتے تھے ۔ تو یہ ان میں جا ملتی تھی ۔ اور اپنے کو پرندہ کہتی تھی ۔ اور جب اسے معلوم ہوتا تھا ۔ کہ اب چوپائے جیت جائیں گے ۔ تو اُن میں آ ملتی تھی ۔ اور اپنے کو چوپایہ کہتی تھی ۔ اخیر میں چوپایوں اور پرندوں دونوں کو معلوم ہوگیا کہ یہ جانور بڑا دغا باز اور جھوٹا ہے ۔ جب ہماری جیت ہو جاتی ہے ۔ تو یہ ہمارا دوست بن جاتا ہے ۔ اور جب اُن کی جیت ہوتی ہے ۔ تو ان میں جاکر مل جاتا ہے ۔ اور دغا دیتا ہے ۔ وہ دونوں اس سے نفرت کرنے لگے ۔

تب چمگادڑ شرم کے مارے سوراخوں اور اندھیرے مقاموں میں جا چھپی۔ اور تب سے وہ دن بھر چھپی رہتی ہے۔ جب رات ہوتی ہے۔ اور سب پرندے اپنے اپنے گھونسلوں میں چلے جاتے ہیں۔ اور سب چوپائے سو جاتے ہیں۔ تو باہر نکلتی ہے۔ اس نے چوپایوں اور پرندوں کے ساتھ ایسی دغا کی ہے۔ کہ وہ ان کو مُنہ دکھانے کے قابل نہیں رہی۔

اپنے دوستوں کو کبھی دغا نہیں دینی چاہیئے۔ جو لوگ ایسا کرتے ہیں۔ وہ چمگادڑ کی طرح پھر کسی کو مُنہ دکھانے کے قابل نہیں رہتے۔

عنقا

قدیم زمانے سے یہ بات مشہور چلی آتی ہے۔ کہ عنقا ایک پرندہ کا نام ہے۔ جو تمام دنیا میں اکیلا ہی ہوتا ہے۔ عرب کا ملک اس کی پیدائش کی جگہ ہے۔ اور وہ پانچ چھ سَو برس تک زندہ رہتا ہے۔ اس کا قد عُقاب کے برابر۔ سر نہایت خوب صورت۔ اور چمکیلے پروں کے تاج سے سجا ہوتا ہے۔ گردن کے پَر سُنہری۔ اور سارا بدن نیلے رنگ کا ہوتا ہے۔ اس کی دم سفید اور آنکھیں سُرخ

ہوتی ہیں ٭

جب عنقا بُوڑھا ہو کر مرنے کے قریب پہنچتا ہے۔ تو لکڑیاں اور خوشبودار جڑی بُوٹیوں کو جنگل سے اکٹھا کرتا ہے۔ اور پھر اپنے آپ اس کے اندر بیٹھتا ہے۔ اور گانا شروع کرتا ہے۔ اس کے گانے میں اس قدر گرمی اور سوز ہوتا ہے۔ کہ اس سے لکڑیوں میں آگ لگ جاتی ہے۔ اور وہ اسی جگہ جل کر جان دے دیتا ہے ٭

بُعض لوگ کہتے ہیں۔ کہ وہ بے جلے ہی مر جاتا ہے۔ اور جب مرکر اس کی ہڈی چمڑا گلنا شروع ہوتا ہے۔ تو اس کے گوشت کی چربی سے ایک کیڑا پیدا ہو جاتا ہے۔ جو تھوڑے دِنوں کے بعد پَر پُرزے نکال کر دوسرا عنقا بن جاتا ہے ٭

بہت سے لوگ کہتے ہیں۔ کہ عنقا کی بابت یہ گھڑی ہوئی جھوٹی باتیں ہیں۔ مگر اس کے ساتھ یورپ کے اکثر آدمی عنقا کے وجُود کو مانتے ہیں ٭

عرب کے ایک عالم فاضل آدمی نے لکھا ہے۔ کہ اس جانور کی گردن بہت لمبی ہوتی ہے۔ اور عربی میں عُنق گردن کو کہتے ہیں۔ اسی گردن کی لمبائی کے سبب سے ہی اس کا نام عنقا رکھا گیا۔ مگر اس کے ساتھ ہی اس پرند کا دُنیا میں کسی کو بھی نظر نہ آنا یہ شُبہ پیدا کرتا ہے۔ کہ شاید دُنیا میں عنقا کا نام ہی نہ ہو۔ اور اسی واسطے لوگ کسی

عجیب انوکھی اور نایاب یا کم ملنے والی چیز کو عنقا سے مثال دیا کرتے ہیں۔ ان سب باتوں پر غور کرنے سے یہ نتیجہ نو نکلتا ہے۔ کہ عنقا کوئی چیز ضرور ہے۔ یہ اَور بات ہے۔ کہ وہ لوگوں کو نظر نہ آتی ہو۔ اور کسی چیز کا نظر نہ آنا یا اس کا حال معلوم نہ ہونا۔ اس بات کی پختہ دلیل نہیں۔ کہ اس کے ہونے سے انکار ہی کر دیا جائے۔ دُنیا میں بہت سے جانور اور اکثر ایسی چیزیں ہیں۔ جن کا نام ہی نام سُنا ہے۔ اور بہت کم لوگوں نے اُنہیں اپنی آنکھ سے دیکھا ہے۔ اس لئے کچھ تعجب نہیں۔ کہ عنقا بھی کوئی جانور ہو۔ اور اسے آج تک بہت کم لوگوں نے دیکھا ہو ٭

ہُما کی کہانی

اگلے زمانے میں ایک شہزادی رات کو سوتے وقت کہانیاں سُنا کرتی تھی۔ ایک دن اُسے یہ بات معلوم ہوئی۔ کہ ہما ایک پرندہ ہے۔ اُس کا سایہ جس آدمی پر پڑ جاتا ہے۔ وہ بادشاہ بن جاتا ہے۔ شہزادی نے یہ بات سُن کر کھانا پینا چھوڑ دیا۔ اور کہا۔ کہ جب تک ہُما نہ آئے گا۔ مَیں اسی طرح رنجیدہ رہوں گی ٭

آخر بادشاہ نے وزیروں سے پُوچھا۔ کہ تمہیں ہُما کے رہنے کا ٹھکانا معلوم ہو۔ تو اُسے شکاریوں سے پکڑواؤ۔ وزیروں نے تمام شہر کے شکاریوں کو بُلا کر کہا۔ کہ جس طرح بھی ہو سکے۔ تم لوگ ہُما کو پکڑ لاؤ۔ اس کے بدلے تمہیں بہت کچھ انعام دیا جائے گا۔ شکاری اپنے اپنے جال پھندے لے کر ہُما کی تلاش میں جنگل کو چلے گئے۔

ایک بڈھے شکاری نے کہا۔ کہ ہُما بہت سے جانوروں کے ساتھ چھٹے مہینے فلانے باغ میں آیا کرتا ہے۔ آج کل اس کے آنے کا وقت ہے۔ چلو اس باغ میں چل کر جال لگائیں۔ یہ باغ بہت دنوں سے بے غور تھا۔ اس میں جھاڑ جھنکاڑ اور گھاس پھونس کی ایسی کثرت تھی۔ کہ اچھا خاصا بن معلوم ہوتا تھا۔ ان شکاریوں نے جا کر باغ کو خُوب صاف کیا۔ درختوں کو پانی دیا۔ روشیں آراستہ کیں۔ اور جن درختوں پر پھل آیا ہوا تھا۔ اُن میں حفاظت کے واسطے کھٹکے باندھ دئے۔

جب باغ خُوب اچھی طرح سج گیا۔ تو اس کے چاروں طرف جال پھیلا دیا۔ آخر کچھ دنوں کے بعد ہُما آیا۔ اس کے ساتھ کبوتر۔ ہُدہُد۔ فاختہ۔ بُلبل۔ ہنس اور بطخ وغیرہ اچھے پرندوں کی جماعت تھی۔ ان سب جانوروں نے پہلے تو اسی باغ پر چکر لگایا۔ اور دیر تک میووں پر منڈلاتے رہے۔ مگر پھر بیٹھتے بیٹھتے آگے نکل گئے۔ اور

کسی دُوسرے باغ میں جا اُترے ۔

شکاری یہ حال دیکھ کر بہت اُداس ہوئے۔ اور وزیروں سے جا کر کہا۔ کہ ہُما آیا تو تھا۔ مگر اب کے اس باغ میں نہیں اُترا۔ اب چھ مہینے کی مُہلت اَور دی جائے۔ اب کے جو ہُما چھ مہینے کے بعد آئے گا۔ تو ہم کسی نہ کسی طرح اُسے ضرور پکڑ لیں گے ۔

چھ مہینے کے بعد ہما پھر آیا۔ اس دفعہ اس کے ساتھ چیل۔ کوّے اُلو۔ چُغد۔ گِدھ وغیرہ بدنیت جانور تھے۔ ان سب پرندوں نے اُسی باغ کی رَونق اور پھل پھُول دیکھ کر اس کے گرد چکر لگایا۔ اور پنجے کھول کر درختوں پر بیٹھ گئے۔ شکاریوں نے جھٹ پٹ جال کی ڈوری کھینچ دی۔ سارے جانور پھنس کر تڑپنے لگے۔ شکاری بہت خوش ہوئے۔ اُنھوں نے اَور سب جانوروں کو جال میں سے نکال نکال کر چھوڑ دیا۔ صرف ہُما کو پکڑ کر بادشاہ کے پاس لے گئے۔ بادشاہ نے انہیں بہت سا انعام دِیا۔ اور ہُما کو لے کر شہزادی کے پاس پہنچے ۔

شہزادی بھی ہُما کو دیکھ کر خوشی سے پھُولی نہ سمائی۔ اور اُس سے پُوچھنے لگی۔ کہ تُو پہلی دفعہ کیوں نہیں پکڑا گیا تھا؟ ہُما نے جواب دیا۔ اے شہزادی اس باغ کی رونق کو دیکھ کر میرا دل تو یہی چاہتا تھا۔ کہ اسی باغ میں اُتروں۔ مگر میرے ساتھ اُس دن کبوتر۔ فاختہ۔ ہنس

وغیرہ شریف جانور تھے۔ اُنہوں نے کہا۔ کہ یہ باغ مدت سے اُجڑا پڑا تھا۔ اب جو اس میں بہار دکھائی دیتی ہے۔ یہ فریب سے خالی نہیں۔ یہاں اُترنا بُرا ہے۔ یہ سب جانور مجھے آگے لے گئے۔ مگر اب کے جو میں آیا۔ تو میرے ساتھ کوّے۔ چیل۔ اُلّو اور گِدھ وغیرہ ذلیل نسل کے جانور تھے۔ اِن بدنیت پرندوں نے باغ میں اچھے اچھے پھل دیکھ کے لالچ کیا۔ اور اپنے ساتھ مُجھے بھی جال میں پھنسا دیا۔

اس کے بعد شہزادی نے پُوچھا۔ کہ اے ہما۔ کیا یہ بات سچ ہے۔ کہ جس آدمی پر تیرا سایہ پڑ جائے۔ وہ بادشاہ ہو جاتا ہے؟ ہُما نے جواب دیا۔ شہزادی یہ بات بالکل غلط ہے۔ اَور پرندوں کی طرح مَیں بھی ایک پرندہ ہوں۔ البتہ دُنیا میں ہماری نسل کے جانور کم ہیں۔ اور ہمارا پتہ کم ملتا ہے۔ اس لئے شاعر لوگوں نے یہ بات یوں ہی مشہور کر دی ہے۔ اگر ہمارا سایہ پڑنے سے آدمی بادشاہ بن جاتا۔ تو ہمارے ملک کے سینکڑوں آدمی بادشاہ بن جاتے۔ البتہ ہمارے پَر بادشاہوں کے تاج میں لگائے جاتے ہیں۔ لوگوں نے جانا ہوگا۔ کہ اس پَر سے ہی انہیں تاج ملا ہے۔

شہزادی نے یہ سچی اور کھری بات سُن کر ہُما کو پنجرے سے نکال چھوڑ دیا۔ اس قصے میں دو باتیں یاد رکھنے کے قابل ہیں۔ اوّل تو یہ کہ دوستوں کی صحبت کا اثر ضرور ہوتا ہے۔ اگر اچھے دوست ہوں گے

تو ان سے فائدہ ہوگا۔ اور بُرے دوست اپنے ساتھ دوسرے کو بھی لے ڈُوبیں گے ۔

دُوسری بات یہ ہے۔ کہ شہزادی ہما کی جُھوٹی تعریف سُن کر ناحق ضِد کرنے لگی۔ کہ چاہے اِدھر کی دُنیا اُدھر ہو جائے۔ مگر ہُما ضرور آنا چاہیئے۔ اتنی کوشش اور تلاش کے بعد ہُما آیا بھی تو کیا نتیجہ نکلا؟ ہر کام کی بُرائی بھلائی کا حال پہلے اپنے بزرگوں سے پُوچھنا چاہیئے۔ خود ہی کسی چیز کو اچھی بُری نہیں سمجھ لینا چاہیئے ۔